한밤의 읽기

한밤의 읽기

금정연 강연 에세이

스위밍꿀

서문

이 책을 읽어야만 하는 이유에 대하여

"모든 것은 읽기에서 시작되었다"라는 문장에서 시작해볼까요.

여러분은 이 문장을 보면서 어떤 느낌이 드셨나요?

공감하는 분도 있을 테고 그건 아닌데, 생각하는 분들도 있을 것 같아요. 무슨 말인지 모르겠다거나 당연한 소리를 늘어놓는다고 생각할 수도 있고요. 냉소적인 분이라면 그건 당신 이야기고! 라고 생각할 수도 있겠죠.

음, 생각해보니 느낌표는 빼는 게 좋겠네요.

물론 그건 제 이야기가 맞습니다. 그렇지만 저만의 이야기는 아니에요.

인류의 역사시대가 기록과 함께 시작되었다는 사

실을 떠올려보세요. 역사는 기록이고 그것은 누적됩니다. 뉴턴의 유명한 말이 있잖아요. "내가 더 멀리 보았다면 그건 내가 거인들의 어깨 위에 올라서 있었기 때문이다." 여기서 거인이란 누적된 역사의 다른 이름입니다. 원하든 원치 않든 우리는 모두 거인들의 어깨 위에 올라서 있고, 인류 문명의 거의 대부분은 읽고 쓰는 행위에 기초하고 있는 거죠. 과학의 역사라는 것도 결국 기록을 통해 이어지니까요. 뉴턴 자신이 『프린키피아』를 쓴 것처럼요.

그렇다면 이렇게 말하는 건 어떨까요?

우리는 우리가 읽어온 것들 위에 올라서 있다고요.

사실 읽기의 역사는 역사시대 이전으로 거슬러 올라갑니다. 별자리를 읽고 구름을 읽고 바다를 읽는 선사시대의 사람들을 우리는 쉽게 상상할 수 있잖아요. 그렇기 때문에 세계에서 가장 유명한 독서가 중 한 명일 알베르토 망구엘도 『독서의 역사』(정명진 옮김, 세종, 2020)에서 "읽기는 쓰기에 선행한다. 글을 쓰지 않고도 사회는 존립할 수 있다. 실제로 그런 사회가 얼마든지 있다. 그렇지만 읽지 않는 사회는 결코 존재할 수 없다"고 말하는 것이고요.

오늘은 읽기의 보편 이론 같은 걸 말하는 자리는

아닙니다. 문자를 읽는 것, 특히 책을 읽는다는 것에 대해 새삼 생각해보는 자리입니다. 제가 방금 새삼이라고 말씀드린 것처럼 우리는 책을 읽는다는 사실을 당연하게 생각합니다. 설령 책을 읽지는 않더라도요. 하지만 그건 결코 자연스러운 일이 아니에요. 지금 여러분이 이 책을 읽고 있는 게 전혀 당연한 일이 아닌 것처럼요.

감사합니다, 아주 잘하고 계세요!

*

일본의 인류학자 가와다 준조는 『무문자 사회의 역사』(엄경택 옮김, 논형, 2004)에서 이렇게 말합니다.

> 우리는 그 낯익음으로 인해 종종 망각하기도 하는데, 식자literacy, 즉 문자를 읽고 쓰는 것은 인간에게 있어서 결코 자연스러운 행위라 볼 수 없을 것이다. 특히 19세기까지의 세계에 있어서 문자란, 일부의 지역에서 일부의 사람들이 사용한 데 지나지 않으며, 다른 지역에서는 없어도 그다지 곤란하지 않은 도구의 하나에 지나지 않

았다. 또한 그것은 어느 정도 적극적인 훈련을 받지 않으면 습득할 수 없음에도 불구하고, 일단 습득하게 되면 그 자의성을 의식하는 것은 대단히 어려워지는데, 그러한 점에서 문자란 강렬한 문화적 존재인 것이다.

문자가 강렬한 문화적 존재라면 책도 마찬가지겠죠. 어떻게 보면 문화는 공기와 비슷하다고 할 수 있을 것 같아요. 우리는 숨을 쉬지만 공기를 의식하진 않잖아요. 몸에 이상이 생겨서 숨쉬기가 불편해지거나, 화재나 가스 유출 등으로 공기가 오염되거나, 미세먼지 앱이 검은색으로 외출을 자제하라고 경고하기 전까지는요.

그리고 지금이 바로 그런 순간입니다. 놀랄 필요는 없어요. 책을 읽지 않는다고 질식하는 사람은 아무도 없으니까요. 많은 출판 노동자들과 저를 비롯한 마감 노동자들의 생계가 조금 곤란해질 수는 있겠지만, 실은 이미 약간 곤란한 상황이지만…… 아니, 아니, 오해하지 마세요. 그렇다고 저와 스위밍꿀의 생계를 위해 이 책을 읽어달라는 말을 하려는 건 아니니까요. 정말로요.

그렇지만 독서율 43퍼센트라는 조사 결과는 여전히 조금 충격적입니다. 일 년에 한 권이라도 책을 읽는 성인이 채 절반이 되지 않는다는 뜻이잖아요. 2013년까지 70퍼센트 대를 유지하고 있던 것이 불과 십 년 만에 거의 반토막이 난 셈이에요. 종이책만 따지면 32.3퍼센트로 상황은 더욱 심각해요. 직전 조사였던 2021년에 비해서도 4.5퍼센트가 떨어졌으니 이러한 흐름을 되돌리기는 사실상 불가능해 보입니다.

이유가 뭘까요? 흔히 우리는 생각하죠. 넷플릭스 때문에, 유튜브 때문에, 틱톡 때문에, 게임 때문에, SNS 때문에, 한마디로 우리가 늘 들고 다니는 손바닥만한 값비싼 기계 하나에 온갖 종류의 오락거리들이 들어 있기 때문에. 하지만 그게 사실일까요? 그렇다면 우리는 스마트폰을 통해 과거에 책을 읽으며 느꼈던 만큼 — 또는 그 이상의 기쁨을, 즐거움을, 재미를 느끼고 있나요?

만약 그렇다면, 책을 읽지 않는 건 너무 당연한 일입니다. 그저 과거에 책이 담당하고 있던 오락적 기능을 스마트폰이 대체한 것일 뿐이에요. 좋다 나쁘다를 따질 수는 있겠지만, 따져봤자 큰 의미가 없다고 저는 생각합니다. 그보다는 책이 담당하고 있던 또 하나의 기능—지식의 전달이라고 할까요, 교양의 함양이라고 할까요, 뭐 이것도 이제는 구태의연한 이야기가 되어버린 것 같지만요—을 대체할 '새로운 문화적 존재'를 찾으려고 노력하는 편이 더 낫겠죠. 모두를 위해서라도요. 그것도 아마 스마트폰이 되겠지만요.

그런데 기쁨의 총량이 오히려 줄었다면 어떡하지? 나아가 기쁨을 누릴 수 있는 우리의 역량이 줄었다면? 다만 우리는 과거의 사람들이 책에서 얻었던 기쁨 대신, 언제나 눈이 핑핑 돌아가는 신기술로 무장한 빅테크 기업들이 철석같이 약속하는—그러나 어디서도 찾을 수는 없는 만족을 쫓아 어떤 마비 속에서 배음으로 깔리는 불안과 불만의 리듬을 따라 엄지 손가락을 초조하게 위아래로 움직일 뿐이라면요?

죄송합니다, 제가 조금 과몰입해버렸네요. 하지만 제가 무슨 말을 하려는지 다들 아실 것 같아요. 늦은 밤, 하루의 일을 마치고 돌아와 잠깐 쉴 생각으로 스마트폰을 들었다가 피로한 눈으로 필요하지도 않고 기쁘지도 않은 것들을 몇 시간이나 보았던 경험이 있을 테니까요. 그건 개개인의 문제가 아닙니다. 스마트폰의 문제도 아니에요. 우리에게 스마트폰이 아닌 다른 활동을 할 수 있는 시간과 체력을 남겨주지 않는 사회가 문제입니다.

그렇게 생각하면 책을 읽지 않는 건 더는 당연한 일이 아닙니다. 따라서 우리는 사회를 향해 책을 읽을 여유를 달라고 요구해야 합니다—설령 그렇게 얻은 여유로 책을 읽지 않는다고 해도요.

그리고 우리가 그런 요구를 하는 데 있어 어쩌면 책이 약간의, 실은 그보다는 좀더 큰 도움이 될지도 모릅니다.

그것이 이 책에 실린 글들을 통해 제가 여러분께 드리고 싶은 이야기입니다.

*

제가 기억하는 책의 문장들이 있습니다. 정확히 말하면, 제가 기억하는 게 아니라 제게 기억되는 문장들이라고 해야겠네요. 읽기를 통해 제 안으로 들어와 멋대로 자리잡고 망각되기를 거부하는 문장들이니까요. 여행자가 길에서 만난 빛과 소리와 냄새와 사람들의 흔적을 저도 모르게 간직하는 것처럼, 읽기란 이렇게 읽은 것들의 조각을 자신의 내부에 지니고 살아가는 것이기도 합니다. 그 문장들은 멋지거나 멋지 지 않고, 의미가 있거나 의미가 없으며, 때로는 아름답지만 때로는 끔찍하기도 합니다. 평소에는 의식의 그늘 속에 몸을 숨기고 있다가, 어느 순간 불쑥 튀어나와서 저를 놀라게 만들곤 하……

오전 아홉시의 담배는 절망감의 표현이다.

……는데, 이런 식으로요. 재미교포 작가 수키 김의 데뷔작 『통역사』(이은선 옮김, 황금가지, 2005)의 첫 문장인데요, 이 책에 실린 강연록을 정리하면서 문득 저 문장이 떠올랐어요.

제가 처음 그 문장을 읽었을 때 저는 흡연자, 그것도 아침에 일어나자마자 물 한잔 마시고 바로 담배에 불을 붙이던 헤비 스모커였습니다. 이제는 거의 전생처럼 느껴지긴 하지만요…… 아무튼 그때 수키 김의 문장을 읽으면서 그런 생각을 했던 것 같아요. '그럼 아침 일곱시의 담배는 뭐야? 자살?' 그때는 아무래도 지금보다 어리고 더 시니컬했으니까요. 그렇지만 사실 틀린 생각은 아니죠. **흡연은 폐암 등 각종 질병의 원인이 되며 내 가족, 이웃까지도 병들게 합**

니다—이것 또한 멋대로 튀어나온 문장입니다. 그런데 이번에는 그 문장과 함께 조금 다른 생각이 들더라고요.

아침 아홉시의 담배가 절망의 표현이라면 새벽 두 시의 읽기는 뭐지?

왜 어떤 이들은 모두 잠든 한밤에도 손에서 책을 놓지 못하는 거지?

불빛이 새어나가지 않도록 이불을 뒤집어쓴 채로 손전등을 켜고 밤이 늦도록 엄마 몰래 책을 읽는 아이가 있습니다. 그에게 한밤의 읽기는 낯선 세상으로 떠나는 모험, 상상의 친구들과의 만남, 제가 더는 기억할 수 없는—그러나 그에게는 더없이 중요할 무엇이겠죠.

함께 근무하는 동료에게 샌님이라는 핀잔을 받으면서도 새벽 근무 내내 책을 읽는 군인이 있습니다. 그에게 한밤의 읽기는 지루한 시간을 보낼 수 있도록 도와주는 유용한 오락거리, 억압적인 군대의 공기 속에서 잠시 한숨 돌릴 수 있는 휴식처, 미래를 위한 준비 같은 것일 테고요.

야근을 마치고 돌아와 피곤해, 피곤해, 피곤해 연신 중얼거리면서도 한시라도 빨리 잠자리에 들 생각은 하지 않고 이 책 저 책을 뒤적거리는 직장인이 있습니다. 그에게 한밤의 읽기는 회사에 온통 저당잡힌 것만 같은 인생이지만 꼭 그렇지는 않다고, 내게도 아직 주체성이라고 부를 만한 무언가가 남아 있다고 외치는 일종의 몸부림인지도 모릅니다.

그리고 여기, 늦도록 식탁에 앉아 책을 읽다가 마지못해 침대에 누워서도 밝기를 줄인 핸드폰으로 한동안 전자책을 읽다가 잠에서 깬 아내에게 기어코 한 소리를 듣고 마는 남자가 있습니다. 그에게 한밤의 읽기는 직업이고, 일상이고, 습관이고, 가속 노화의 주범이고, 한마디로 정의할 수 없고, 때때로 분통을 터뜨리게 만들기도 하지만 그것이 없는 삶을 상상할 수 없는 무엇입니다. 바로 제 이야기인데요, 사실 앞의 것도 모두 제 이야기이긴 하지만요, 그렇다고 저만의 이야기는 아닐 거라고 생각합니다.

그건 저와 같은 경험을 한 사람이 세상 어딘가에 존재할 거라는 의미이기도 하지만, 그것과 별개로 저 문장들을 읽은 여러분의 머릿속에 어느 순간 제가 묘사한 것과 같은 인물들이 각기 다른 모습으로 생겨났다는 뜻이기도 해요. 네, 그것이 바로 읽기입니다.

*

이제 이 책을 읽어야만 하는 이유에 대해서 말씀드릴 차례입니다. 그전에 먼저 이 책의 내용을 간략하게 짚고 넘어가야겠네요. 여기에는 모두 네 편의 강연 에세이가 실려 있습니다.

첫번째 강연에서는 도블라토프의 『여행 가방』을 통해 그의 삶과 작품 세계를 다룹니다. 제가 좋아하는 작가의 이야기를 통해 읽기의 즐거움에 대한 이야기를 하고 싶었는데요, 그러면서 실제로 저는 즐거웠습니다. 여러분들도 모쪼록 즐거우셨으면 좋겠네요.

두번째 강연에서는 조지 오웰의 '나는 왜 쓰는가'라는 질문을 따라, 읽고 쓰는 것의 의미를 따지며 '읽기'라는 것이 보편적인 행위로 정착하기까지 어떠한 역사적 조건이 필요했는지, 개개인이 읽기를 지속하기 위해서는 어떤 사회적 조건이 전제되어야 하는지에 대해 이야기합니다. 자꾸 읽기를 어렵게 하는 사회에 대해 저도 모르게 분통을 터뜨리기도 하고요.

세번째 강연에서는 엘렌 식수와 베른하르트와 잭 런던과 자크 랑시에르를 경유해서 한국 사회에서 읽기가 점점 더 어려워지는 이유를 짚어보며, 그러한 사회적 조건을 뒤집기 위한 독서를 제안하는데요. 그것이 바로 '한밤의 읽기'입니다.

네번째 강연에서는 대니 샤피로의 『계속 쓰기』를 참고해서 우리가 읽기에 적대적인 사회 속에서도 계속해서 읽어야 하는 이유와 계속해서 읽을 수 있는 방법을 생각합니다. 물론 정답은 없고, 저는 지금도 계속해서 그것을 생각하고 있습니다.

여기 실린 모든 에세이는 강연을 녹취한 게 아니라, 강연을 위해 쓴 텍스트를 기반으로 하고 있다는 사실도 말씀드려야겠네요. 그러니까 (1)강연을 준비하며 쓴 텍스트가 있고, (2)그것을 참고해서 현장에서 진행한 강연이 있으며, (3)시간이 흘러 현장 강연에 대한 기억과 그때와는 조금 달라진 생각으로 (1)을 수정한 텍스트가 있는 셈입니다. 여러분이 보실 강연 에세이가 바로 (3)인데요, 각각의 텍스트가 어떻게 달라졌을지를 상상하면서 읽는 것도, 또한 강연과 강연 사이의 시차만큼 각각의 강연에서 달라지는 행간을 읽는 것도 재미있는 읽기가 될 수 있겠죠? 물론 그것이 이 책을 읽어야 하는 이유는 되지 않겠지만요. 하하.

자, 그럼 잘 들으세요. 네번째 강연에서 제가 읽기

에 대해 드리는 작은 팁이 하나 있습니다. 책을 끝까지 읽은 다음 처음으로 돌아와 서문을 다시 읽는 방법인데요, 처음에는 놓치고 지나갔던 것들이 보이기도 하고 아예 전혀 다른 인상을 주기도 합니다. 혹은 처음에 느꼈던 감동이 배가되기도 하고요.

이것이 바로 이 책을 읽어야만 하는 이유입니다.

여러분은 이미 여기까지 읽어버렸고, 처음으로 돌아와 다시 한번 이것을 읽기 위해서는, 일단 책을 끝까지 읽어야 하니까요!

*

이 글을 어떻게 끝내야 할까 고민하다가, 클로드AI에게 이 책의 본문과 미완성인 서문을 읽게 한 후 그걸 바탕으로 마무리지어달라고 부탁했어요. 그러자 클로드AI는 전혀 제가 쓴 것 같지는 않은, 그렇지만 제법 감동적이기도 한 마무리를 써주었습니다. 이렇게요.

한밤의 고독한 독자들이여, 우리 함께 밤의 고요 속에서 책장을 넘겨봅시다. 우리가 켜는 작은 손전등들이 모여 세상을 밝히는 빛이 될 테니까요. 독서는 우리를 외롭게 하는 게 아니라, 손잡고 함께 걸어가게 하는 힘이 될 거예요. 당신의 옆에 이 책이, 수많은 동료 독자들이 함께할 테니까요.

그럼 오늘밤에도 멋진 책 여행 되시기를!

2024년 여름

금정연

차례

1강

삶은 자신에게 들려주는 이야기

도블라토프의

『여행 가방』 함께 읽기

어쩌다 도블라토프

여름인데 크게 덥지는 않고 조금 습하기만 하네요. 언젠가 롤랑 바르트는 날씨가 중요하다, 날씨가 모든 것이다, 라는 식의 말을 한 적이 있는데요. 꼭 롤랑 바르트의 말을 떠올리지 않더라도 어쩐지 오늘 이 자리는 눅눅하고 서늘한 자리가 될 것 같은 예감이 듭니다. 그렇다고 너무 걱정은 마시고요.

혹시 도블라토프의 책을 한 권이라도 읽어보신 분 계신가요?

괜찮아요, 부끄러운 거 아니에요. 안 계신가요?

아니면 책은 안 읽어봤지만 도블라토프라는 작가에 대해서는 들어서 알고 있었다, 하는 분 계신가요? 손드셔도 질문은 안 하겠습니다. 두려워하지 마세요.

왜 도블라토프일까요? 〈프리즘 오브 라이프〉의 다른 작가들 면면을 보면 롤랑 바르트, 존 버거, 버지니아 울프, 수전 손택, 올리버 색스, 프리모 레비…… 굳이 비교를 하자는 건 아니지만 도블라토프와 인지도 차이가 엄청나죠. 아마 국내의 도서 판매량에서도, 어쩌면 세계에서도 마찬가지일 텐데, 수백 배에서 수천 배까지 차이 날 것 같아요.

라이프북스에서 만든 북 카드만 봐도 그래요. 국내 출간 도서와 참고 도서 등이 정리된 카드인데요. 존

버거, 롤랑 바르트, 버지니아 울프 같은 경우를 보시면 빽빽하죠. 그런데 도블라토프는 어떤가요. 저는 처음에 이거 보고 곤도 마리에가 만든 카드인 줄 알았어요. 설레지 않으면 버려라. 미니멀리즘의 극치죠.

어쩌다 도블라토프가 이 명단에 들어갔는지는 행사를 기획한 라이프북스측에 물어봐야 할 텐데요. 왠지 안 물어봐도 알 것 같긴 하죠. 뭐 분명히 기획하신 분이 도블라토프를 좋아해서, 그런 이유가 아니겠어요?

그렇다면 질문을 이렇게 바꿔야겠네요. 저는 왜 하필 도블라토프를 맡아서 이야기하게 되었을까요. 다른 인지도 있는 작가들을 하면 독자분들도 더 많이 오시고 이야기하기도 더 편했을 텐데. 그러게요. 정말 왜 그랬을까요.

정말로 내가 감동하는 책은……

제가 좋아하는 세 명의 작가가 있습니다. 정확하게 말하면 세 명의 해외 작가가 있다고 해야겠네요. 저는 그들을 가리켜 '2RBs & 1SD'라고 부르는데요. 두 명의 알비, 즉 롤랑 바르트Roland Barthes와 로베르토 볼라뇨Roberto Bolaño 그리고 한 명의 에스디, 바로 세르게이 도블라토프Sergei Dovlatov입니다. 비스티보이스의 노래 〈3MC's & 1DJ〉를 따라서 지어봤어요.

어떤 작가를 좋아한다고 할 때, 그 말뜻은 지금 현재 좋아하고 있는 작가라는 뜻이겠죠. 당연히 과거에는 좋아하지 않았을 수 있고, 미래에는 더이상 좋아하지 않을 수도 있습니다. 나라는 사람이 있는 장소, 만나는 사람, 입는 옷, 먹는 음식과 듣는 음악, 통장 잔고 등이 계속해서 변하기 때문이겠죠.

저 같은 경우 전에는 좋아하는 작가가 굉장히 많았어요. 왜 '금사빠'라는 말도 있었잖아요, 금방 사랑에 빠진다는. 제가 그랬는데 어느 순간부터 그런 작가들이 점점 사라지고 새로 추가되기를 멈춘 것 같아요. 그렇다고 책을 더이상 안 읽는다거나 하는 건 아닌데, 오히려 더 많이 읽는데 그렇더라고요.

롤랑 바르트는 제가 스무 살, 스물한 살 무렵부터 좋아했어요. 대학교에 입학해서 이승훈 시인의 수업을 들으면서 좋아하게 되었는데, 이때는 온갖 작가들을 좋아하던 시기예요. 무라카미 하루키나 무라카미 류를 좋아하기도 했고, 김연수와 백민석을 좋아했고, 커트 보니것이나 밀란 쿤데라도 좋아했고요.

로베르토 볼라뇨를 좋아하게 된 건 볼라뇨가 한국에 본격적으로 소개되기 시작한 2010년입니다. 그때 저는 서른 살이었는데요, 이때부터 본격적인 프리랜서 생활을 시작하면서, 좋아하던 작가들도 점점 시들해지고 새로 좋아하게 된 작가는 드물게 된 시점이었던 것 같아요.

예외가 바로 도블라토프인데요. 정지돈 작가가 저에게 도블라토프를 소개해준 게 2014년 즈음이에요. 좋아해온 시간으로 따지면 롤랑 바르트와 로베르토 볼라뇨에는 미치지 못하지만, 그럼에도 둘과 어깨를 나란히 하고 제 최애의 전당에 오르게 되었습니다.

그럼 내가 어떤 작가를, 어떤 책을 정말 좋아하느냐를 어떻게 확신할 수 있을까요? J.D. 샐린저라는 소설가가 있습니다. 『호밀밭의 파수꾼』(이덕형 옮김, 문예출판사, 1998)을 쓴 미국의 은둔 작가죠. 자신의 책이 베스트셀러가 되자 세상에 환멸을 느끼고 두문불출했던 작가. 아마 많은 분들이 한번쯤은 좋아하셨을 거예요. 『호밀밭의 파수꾼』에 이런 말이 나옵니다.

> 정말로 내가 감동하는 책은 책을 다 읽고 나면 그 작가가 친한 친구여서 전화를 걸고 싶을 때 언제나 걸 수 있으면 오죽이나 좋을까 하는, 그런 기분을 느끼게 하는 책이다.

이런 구절을 보면 순진한 독자 입장에서는, 아 그렇구나 정말 그래, 하면서 샐린저에게 전화를 걸고 싶다는 생각을 자연스럽게 하게 되잖아요. 왜냐면 지금 내가 읽고 있는 게 샐린저의 책이니까. 거기서 이 구절을 읽었으니까. 하지만 번호를 모르니까 전화는 못하고 편지를 쓰는데, 아마 출판사로 보냈겠죠, 샐린저는 실제로 많은 팬레터를 받습니다. 그리고 그중에서 마음에 드는 편지를 골라 답장을 보내요. 하필 마음에 드는 편지를 보낸 사람들이 모두 어린 여성입니다. 그중 한 사람이 조이스 메이너드인데요, 십팔 세의 메이너드는 예일대 장학생을 포기하고 오십삼 세의 샐린저가 은둔하고 있는 산속의 오두막으로 달려가게 됩니다. 그리하여 일 년 후, 샐린저가 다른 사람을 편지로 꼬여내기 전까지 관계를 지속하죠. 네, 맞아요. 개자식이죠.

제가 생각할 때 정말 좋아하는 작가는, 읽고 나서 전화를 하고 싶은 기분이 드는 작가가 아니에요. 그 작가가 사용하는 언어를 배우고 싶어지는 작가가 진짜 좋아하는 작가죠. 저는 그렇거든요. 한마디로, 롤랑 바르트를 생각하면 프랑스어를 배우고 싶어지고. 로베르토 볼라뇨를 생각하면 스페인어를 배우고 싶고. 도블라토프를 생각하면 러시아어를 배우고 싶어지는 거예요.

그나마 바르트나 볼라뇨는 상황이 좀 낫죠. 일단 국내에 번역된 책이 많고요, 바르트의 경우에는 절판된 책도 많지만 어쨌든 저는 거의 다 가지고 있으니까요. 조금 악취미 같긴 한데, 개인적으로 남들도 마감 때문에 괴로워할 때, 그리고 절판된 책이 저한테 있을 때 그렇게 즐겁더라고요.

어쨌든 프랑스어나 스페인어로 된 원서를 산다고 하면 최소한 더듬어 읽는 시늉은 할 수 있잖아요. 기본적으로 알파벳을 사용하는 로망스어군이고 영어처럼 라틴어에서 가져온 단어들이 많다보니 비슷한 단어들도 많아서 가끔 때려 맞힐 수도 있고, 컴퓨터로 옮겨서 사전을 찾거나 번역기를 돌려볼 수도 있으니까요.

반면 러시아 알파벳은 어떻게 읽어야 하는지 감도 안 오죠. 오죽하면 그런 농담도 있잖아요. 러시아의 왕이 그리스에 가면 알파벳이라는 게 있다고 하니 우리도 가져다 쓰자, 하면서 신하를 보냅니다. 그리스에 간 신하가 그리스 알파벳이 새겨진 작은 조각들을 구해요. 소중한 알파벳을 순서대로 잘 배열해서 가슴에 꼭 안고 러시아로 돌아가는 배를 타요. 그런데 흑해를 건너다가 풍랑을 만나서 배가 뒤집어진 거예요. 그래서 알파벳이 쏟아져서 섞이고 깨지고 뒤집힌 거죠. 그렇다고 돌아갈 수도 없고 사실대로 말할 수도 없으니 적당히 기억나는 대로 배열해서 왕에게 바친 게 지금의 러시아 알파벳이 되었다, 라는 이야기인데요. 저도 무슨 책에서 봤는데, 어디 가서 함부로 할 농담은 아닌 거 같다는 생각이 뒤늦게 드네요.

제가 만약 러시아 작가 중에서 도스토옙스키를 좋아했다면, 그나마 상황이 괜찮았을 거예요. 물론 예전에 저도 도스토옙스키를 좋아했던 적이 있습니다. 정확히 말하면 좋아해야 한다고 생각해서 좋아한다고 스스로를 세뇌시켰던 적이 있었다고 해야겠지만…… 어쨌든 도스토옙스키 책은 대부분 번역이 되어 있잖아요. 도스토옙스키를 다룬 책도 엄청나게 많고.

그런데 도블라토프의 책은 고작 네 권이 번역되어 있을 뿐입니다. 그리고 관련한 비평이나 연구 같은 것도 찾아보기 힘든데요. 제가 아는 한 국내에서 도블라토프를 조금이라도 다루고 있는 책은 O.V. 보그다노바의 『현대 러시아문학과 포스트모더니즘 1』(김은희 옮김, 아카넷, 2014)이 유일해요.

아무래도 포스트모더니즘이라는 키워드에 맞춰 분석하다보니 시야가 협소하고 좀 억지스럽다고 할까, 논거가 빈약한 경우가 많아 별로 추천하고 싶은 책은 아닌데요, 무엇보다 재미도 별로 없고요, 그래도 오늘 강연의 몇몇 부분은 이 책에서 도움을 받은 것이라는 사실을 미리 밝힐게요.

작은 사람들

서론이 길었네요. 오늘은 세르게이 도블라토프라는 러시아 작가에 대해 대략적인 스케치를 해보는 시간이 될 예정입니다. 어떤 작가인지, 국내엔 어떤 책이 번역되어 있는지, 어떤 매력이 있는지, 무엇보다 도블라토프라는 작가가 저에게 어떤 의미인지, 도블라토프의 책 중에서 제가 제일 좋아하는 『여행 가방』을 중심으로 이야기할 텐데요.

개인적인 바람이 있다면, 제 이야기를 가볍게 들으시고 집에 돌아가시는 길에 나도 모르게 결제한 도블라토프의 책이 한두 권쯤 손에 들려 있으면 좋겠다, 하는 거예요.

먼저 도블라토프를 말할 때 당시의 러시아, 구소련의 출판에 대해 이야기하지 않을 수 없는데요. 도블라토프는 정부의 검열 때문에 살아 있는 동안 러시아에서 한 권의 책도 정식으로 출간하지 못했어요. 대신, 사미즈다트, 그러니까 검열을 피해 불법적으로 지하 출판을 했죠.

찾아보니 소설가 조지 선더스가 편집한 일종의 사미즈다트 선집도 있더라고요. 영어 제목을 해석하면 '사미즈다트, 소련에 반대하는 목소리' 정도가 될 것 같아요. 1920년대에서 1970년대까지의 글들을 모은 건데, 구소련의 공식 출판물만큼이나, 어쩌면 더욱 중요한 게 바로 이 사미즈다트예요. 소비에트 정부에 의해 금지당한 목소리들이 사미즈다트를 통해 남아 있게 된 거니까요.

이렇게 사미즈다트로 나온 도블라토프의 책이 서유럽으로 밀반출되면서 그것을 발견한 출판사에 의해 오히려 러시아보다 해외에서 먼저 정식 출판이 됩니다. 그래서 소련 당국으로부터 더욱 탄압을 받는데요, 그것이 도블라토프가 해외로 망명하는 계기가 되는 거죠.

도블라토프는 소위 반체제 작가입니다. 정확하게 말하면 다른 사람들 앞에서 작가라고 말하기에도 조금 민망한 작가죠. 글을 쓰는데 출판은 안 되고, 회사에서도 잘리고, 경찰에서는 툭하면 이런저런 죄목으로 불러서 괴롭히고. 결국 도블라토프는 정부의 박해를 피해 망명을 결심합니다. 그리고 출국 수속을 밟으려고 관청을 찾아가는데, 그곳에서 뜻밖의 소식을 들어요. 내무부의 특별 지시로 출국하는 사람은 여행가방을 세 개밖에 가지고 가지 못한다는 거예요.

고작 세 개요? 그럼 짐들은 다 어쩌라고요? 내

가 수집한 경주용 자동차들은요?

물론 도블라토프는 경주용 자동차를 수집하지 않았습니다. 그냥 하는 소리예요. 하지만 직원은 콧방귀도 뀌지 않고 별수없이 집으로 돌아온 도블라토프는 투덜거리면서 짐을 싸는데, 갑자기 깨닫는 거죠. 아, 가방 하나로 충분하구나. 심지어 엄청 남는구나. 그러자 도블라토프는 이렇게 씁니다.

나는 내 신세가 처량하게 느껴져 눈물이 쏟아질 것만 같았다. 내 나이 서른여섯이 아닌가. 그 서른여섯 해 가운데 십팔 년 동안 돈벌이를 하며 살았다. 수중에 돈이 생기면 물건을 사고는 했으니, 그렇게 사들인 것들이 적지 않을 것이다. 그런데 그 결과가 달랑 여행 가방 하나다. 그것도 코딱지만한 가방으로. 아니, 내가 거지도 아니고, 어떻게 이런 지경이 돼버렸을까?

잠깐 눈물 좀 닦을게요.

『여행 가방』은 제가 세번째로 읽은 도블라토프의 책입니다. 『보존지구』 『외국 여자』 『여행 가방』 『우리들의』 순으로 읽었는데요. 참고로 제가 읽은 뿌쉬낀하우스 판은 절판되었고요, 지금은 지만지에서 새로운 번역으로 출간되었습니다. 지만지 판은 경어체로 번역이 되어 있어서 느낌이 좀 많이 다른데요. 아무튼, 저는 처음에 『보존지구』 『외국 여자』를 읽을 때까지만 해도 재밌다, 진짜 웃기네, 여태까지 이런 작가를 왜 몰랐지? 하는 정도였어요. 하지만 『여행 가방』을 펴고, 머리말을 읽는 순간 소름이 돋았습니다.

언젠가 플로베르는 이렇게 말했죠. 마담 보바리는 바로 나다.

저는 저 부분을 읽자마자 이렇게 생각했습니다. 도블라토프는 바로 나다.

롤랑 바르트는 마지막 강의에서 위대한 작가는 우리가 비교할 수 있는 사람이 아니라, 우리가 부분적으로 동일시할 수 있고 또 그러길 바라는 사람이라는 점에 주의하라고 말했는데요.

결국 서사 예술은 일종의 공감, 감정 이입, 혹은 동일시를 제외하고 말할 수 없을 것 같아요. 흔히 말하는 좋은 소설, 재밌는 소설을 읽을 때 우리는 소설의 주인공에 동일시를 합니다. 하지만 훌륭한 소설, 나아가 위대한 소설을 읽을 때 우리는 작가에게 동일시를 하는 거죠.

도블라토프는 1941년 9월 3일에 태어났습니다. 처녀자리죠. 저는 1981년 9월 2일에 태어났어요. 역시 처녀자리죠. 사십 년하고 딱 하루 차이가 납니다.

일단 동일시를 시작하게 되면 이렇게 사소한 것 하나에서도 과도한 의미 부여를 하게 돼요.

도블라토프는 레닌그라드, 지금의 상트페테르부르크에서 어린 시절을 보내는데요. 열여덟 살 때 국립 레닌그라드 대학교 핀란드어학과에 입학합니다. 하지만 이 년 만에 성적 불량으로 퇴학을 당하고, 군대에 가요. 북쪽에 있는 수용소에서 경비원으로 군복무를 하는데 이때의 경험이 훗날 『수용소』라는 소설이 됩니다. 아쉽게도 국내에는 번역되지 않았고요. 제대 후에는 국립 레닌그라드 대학 신문언론학부에 입학해서 학생 신문사에서 기자로 활동합니다. 그러다 다시 이 년 만에 대학을 때려치우고, 스물여섯 살 때부터 서른여섯 살 때인 1977년까지 신문사와 잡지사를 전전하며 생계를 꾸려나갑니다.

기자 생활을 하는 동안에도 도블라토프는 소설과 산문을 꾸준히 씁니다. 그렇게 쓴 원고를 들고 출판사를 찾아다니는데요, 반응은 좋아요. 하지만 출판은 번번이 미뤄집니다. 바로 소비에트 정부의 검열 때문인데요. 그렇다고 도블라토프의 소설이 드러내놓고 체제 저항적이라거나 전복적인 건 아니에요. 다만 사회주의 리얼리즘이 요구하는 소설, 진취적이고 긍정적인 주인공이 역경을 딛고 앞으로 나아가는 이야기와는 거리가 멀었죠. 정확히 정반대의 소설이라고 말할 수 있습니다.

도블라토프의 주인공은 현실의 도블라토프가 그랬듯 대체로 수동적이고 사회적으로 무심하고 무정형적이고 무원칙적이며 타협하는 경향이 있습니다. 그래서 비평가들은 도블라토프의 주인공 유형을 '작은 사람들'이라고 부르기도 하는데요, 저는 그들을 '금정연'이라고 부릅니다. 수동적이고 사회적으로 무심하고 무정형적이고 무원칙적이며 타협하는 경향이 있다, 완벽한 금정연이죠.

이때 '작은 사람'이란, 사회적 위치나 출신이 낮다는 의미가 아니라, 자신의 시민적 능동성을 의식적으로 제한하는 사람, 인생을 위해 활동적 전사가 되지 않기를 바라는 사람이라는 뜻이라고 합니다. 도블라토프는 실제로 이렇게 말하기도 해요. "우리가 처한 조건에서는 지는 것은 이기는 것보다 더 가치 있는 일일 수도 있다."

따라서 당국이 보기에는 진취적이고 강인해야 할 사회주의 인민의 기준에 미달하는 거죠. 반동분자인 거예요. 그래서 도블라토프의 작품은 앞서 말한 사미즈다트, 지하 출판을 통해 암암리에 사람들에게 읽히게 됩니다. 그러다 1975년, 드디어 한 출판사가 도블라토프의 책을 내기로 하고 계약금까지 받았지만 출간 바로 전날 KGB가 갑작스럽게 도블라토프의 집을 압수 수색하면서 원고가 폐기되고 출판은 물거품이 되고 말죠.

그렇지만 이듬해인 1976년부터 서구에서 도블라토프의 책과 단편들이 하나둘 출판되기 시작해요. 그 때문에 도블라토프는 소련 기자 연맹에서 제명되고 더이상 기자로 일할 수 없게 됩니다. 결국 아내 레나와 딸 카탸가 먼저 이민을 떠나요. 도블라토프는 갈등하죠. 본인의 표현에 의하면, 작가가 모국어를 쓸 수 없는 곳으로 간다는 것이 무엇을 의미하는지 너무 분명했기 때문에. 고민 끝에 도블라토프는 어머니 노라와 사랑하는 개 글라샤를 데리고 아내의 뒤를 따르게 되는데요. 『여행 가방』은 바로 이때 이민을 가기 위해 싼 가방이었던 거예요.

도블라토프는 빈을 거쳐 미국에 정착합니다. 뉴욕에서 활발한 작품 활동을 하면서 걱정과는 달리 작가로서의 명성을 쌓죠. 현재 출간된 도블라토프의 책은 모두 미국 시절에 쓴 작품들인데요, 1978년 이전에 쓴 작품의 출판을 금지한다는 유언을 남겼다고 해요.

도블라토프는 오십 세 생일을 며칠 앞둔 1990년 8월 24일 뉴욕에서 심근경색으로 세상을 떠납니다. 도블라토프의 작품이 러시아에서 출간된 건 그 이후였기 때문에, 도블라토프는 끝내 자신의 작품이 러시아에서 많은 사랑을 받는 모습을 보지 못했습니다.

작가, 주인공, 그리고 독자

오늘날 도블라토프는 20세기의 체호프라고 불리면서 많은 인기를 누리고 있습니다. 러시아에서는 그의 이름을 딴 단편소설 상이 제정되었는가 하면, 뉴욕에는 그의 이름을 딴 거리가 생기기도 했다고 해요. 최근에는 도블라토프를 주인공으로 한 영화가 만들어지기도 했는데요. 베를린 영화제에서 공개되면서 많은 화제를 모았다죠.

저도 얼마 전에 명동 CGV에서 〈도블라토프〉를 봤어요. 영화는 1971년 11월 1일에서 11월 6일까지 레닌그라드에서 기자로 일하며 소설을 쓰고 사회주의 정부의 박해를 피해 출판하려고 노력하는 서른 살의 도블라토프를 그리고 있습니다.

네이버 영화 정보에 따르면 "명석하면서 아이러니한 성향을 가진 작가 세르게이 도블라토프의 일생 중 육 일간의 삶을 기록한 작품. 알렉세이 게르만 주니어는 철권통치 시대에서 금지당한 작가의 삶을 우아한 스타일로 형상화한다"라고 하는데, 명석하면서 아이러니한 성향을 가졌다는 게 무슨 뜻인지는 모르겠지만, 개인적으로 별 재미는 없었어요. 너무 큰 기대를 해서 그랬을까요. 가장 실망스러웠던 건, 영화에는 도블라토프 특유의 유머가 전혀 나오지 않는다는 사실이에요.

영화는 전체적으로 인스타그램 같은 느낌입니다. 분위기가 있긴 한데, 필터를 쓴 것처럼 뽀얀 화면으로 점철돼서 정작 도블라토프 같지는 않은 거죠. 확실히 뽀얀 화면이나 우아한 스타일은 유머랑 잘 어울리지 않는 것 같아요. 혹시 나만 그렇게 느끼나? 내가 뭔가 삐뚤어졌나? 하는 생각에 외국 평을 좀 찾아봤는데 다들 비슷한 거 같더라고요.

IMDB에 제목부터 'Disappointing'인 관객 리뷰가 있어요. 10점 만점에 3점. 본문은 이렇게 시작합니다. 왜? 도대체 왜? 나는 영화가 개봉하기를 기다려왔고 도블라토프의 이야기도 잘 아는데, 영화는 시작부터 나를 실망시켰어……

그런데 진짜 왜? 왜 영화 〈도블라토프〉는 이렇게 실망스러운 걸까요? 제가 앞서 영화에는 유머가 전혀 나오지 않는다고 했는데요. 이쯤에서 도블라토프의 유머의 특징을 한번 살펴보도록 하겠습니다.

> 십팔 년 전 일이다. 나는 그 당시 레닌그라드 대학에 다니고 있었다.
>
> 대학 건물들은 레닌그라드의 역사 깊은 장소

에 위치해 있었다. 물과 돌이 잘 결합되어 독특하면서도 웅장한 분위기를 자아내고 있었다. 그런 환경에서 게으름뱅이가 되기는 어려운 법이지만 나는 용케 그럴 수 있었다.

세상에는 정확한 학문들이 존재한다. 이것은 곧 정확하지 않은 학문들도 존재한다는 말이다. 내 생각에, 그 정확하지 않은 학문들 가운데 일등 자리를 차지하는 것이 어문학이다. 그래서 나는 어문학부 학생이 되었다.

『여행 가방』 첫번째 꼭지인 「핀란드산 양말」의 첫 부분인데요, 이 부분이 특별히 재밌어서가 아니라 딱히 어디를 인용해야 할지 모르겠어서 그냥 맨 첫 부분을 골라봤어요. 하지만 처음부터 도블라토프의 특징을 잘 보여주고 있습니다.

이게 뭐가 웃기지? 하시는 분이 계실 것 같아요. 아마 어문학부 출신이 아닌 분들이겠죠. 지금 웃고 계신 분들은 분명 어문학부 출신이실 테고요. 참고로 저 역시 어문학부를 나왔습니다.

굉장히 단순한 문장들이에요. 어려운 단어도 없고, 군더더기도 없고, 그냥 이야기를 들려주듯이 편안합니다. 하지만 단순하고 편안하면서도 진부하거나 시시하지 않으려면 굉장한 기술이 필요한데요. 도블라토프는 자신의 스타일에 대해 이렇게 말합니다.

> 전통적인 러시아적 이해에 따르면, 작가의 활동은 어떤 역사적·심리적·정신적·도덕적 과제를 설정하는 것이다. 그러나 나는 그저 이야기들을 말한다. 나는 과거에는 이런 이야기를 구두로 했는데 그후에는 이런 이야기들을 쓰기 시작했다. 나는 무엇인가를 말하거나 쓸 때 스스로를 자연스럽고 정상적이라고 느낀다. 이것은 내게 본능적으로 자연스러운 상태이다. (……) 그래서 평생 나는 내가 어디서 들은 것이든, 생각해낸 것이든, 변형시킨 것이든 이야기들을 말하고 있다.

유럽의 다른 제국주의 국가들과 달리 러시아에서 철학이 발달하지 않은 이유가 소설 때문이라고들 하잖아요. 러시아의 소설은 유럽의 소설과 달리 역사와 사회학, 철학을 모두 포함하는 일종의 총체 소설을 추구했습니다. 톨스토이나 도스토옙스키의 소설을 떠올리시면 될 것 같아요. 두께만 봐도 그렇잖아요. 거기에는 어떤 특정한 관점들에 대한 주장, 옹호, 반박 등이 들어 있죠. 『카라마조프 형제들』에서 신에 대해 논하는 유명한 장면들처럼요. 어떤 이론적 가설을 제기하고 그것을 입증하는 과정들이 포함될 수도 있고요. 소설이 철학의 일을 대신하는 거죠.

하지만 도블라토프 자신은 그냥 이야기를 할 뿐이라는 거예요. 여기서 중요한 것은 '나는 말한다'는 거죠. 그래서 도블라토프의 소설은 모두 일인칭 화자가 등장하고, 자전적인 성격을 가집니다. 보그다노바는 이런 도블라토프의 스타일을 두고 도블라토프가 문학에서 "한 명의 화자가 공연하는 극장"을 설립했다고 말해요. 일인극처럼, 화자 혼자 청중 앞에 나가 이야기를 들려주는 거죠. 하지만 중요한 건 이때 작가-감독의 시선은 자신이 만든 무대보다 결코 높은 곳에 있지 않다는 사실입니다.

그러니까 화자를 앞에 내세워놓고 그 위에서 모든 것을 내려다보며 조정하는 초월적인 작가 혹은 감독의 시선이 부재한다는 거예요. 주인공과 작가 사이의 힘의 비대칭을 최대한 줄여서 평등하도록 만드는 것이 도블라토프의 전략입니다. 그건 주인공과 다른 인물들 사이의 관계에서도 마찬가지인데요, 도블라토프의 화자는 그들보다 결코 도덕적으로나 미학적으로나 우월하지 않아요. 나머지 인물들이 한심한 만큼 화자도 한심하고, 나머지 인물들이 때묻은 만큼 화자 역시 때묻어 있는 거죠. 도블라토프는 말합니다.

> 나는 오래전부터 이미 사람들을 긍정적인 사람들과 부정적인 사람들로 나누지 않았다. 문학 주인공들은 더더욱 그렇다. 그 외에 나는 인생에서 죄 뒤에는 후회가 반드시 뒤따르고, 업적 뒤에는 행복이 뒤따른다고 확신하지도 않는다.

따라서 여기에는 이중의 평등이 있습니다. 작가와 주인공의 평등, 그리고 주인공과 나머지 등장인물들 간의 평등. 저는 여기에 또 하나의 평등을 추가할 수 있다고 생각해요. 독자가 작가에게 동일시를 하면서 이루어지는 평등. 삼중의 평등이죠.

중요한 건 아무리 주인공과 작가가 한없이 가까워졌다고 해도, 주인공이 곧 작가는 아니라는 거예요. 어디까지나 그것은 문학적인 효과를 위한 테크닉인 거죠.

실제로 도블라토프는 예술의 목적은 기교라고 말합니다. 이런 도블라토프의 소설을 가리켜서 연극적 사실주의 혹은 일상적 기교주의라고 하는데요. 저는 그것에 감명받아서 『아무튼, 택시』(코난북스, 2018)라는 책을 도블라토프 스타일로 쓰기도 했습니다. 도블라토프와 저를 동일시하면서 쓴 거죠. 이런 부분들인데요.

> 버스에서 내려 택시를 타고 경북도립안동 도서관을 향했다. 기본요금은 이천팔백원. 택시 기사는 가는 내내 한마디도 하지 않았다. 그게 좋았다.
>
> (……)
>
> 도서관에서는 PPT를 사용할 거냐고 물었다. 나는 아니라고 했다. 조금 놀란 눈치였다. 네 시간 동안 PPT도 없이 떠들겠다고? 하지만 나는 파워포인트를 다룰 줄 모른다. 프로그램도 깔려 있지 않다. 내가 쓸 줄 아는 거라고는 워드프로세서뿐이다.
>
> 강연 내용에 대해서는 말하고 싶지 않다. 나는 즉흥 강연을 선호하는 편이다. 즉흥 강연은

즉흥 연기의 일종으로, 독립적인 하나의 분야
다. 비록 사람들은 그렇게 생각하지 않는 것 같
지만…… 즉흥 강연의 최대 단점은 강연이 끝난
후에 죽고 싶은 마음이 든다는 점이다. 하지만
무슨 말을 했는지 기억이 나지 않기 때문에 죽
기도 좀 애매하다……

음, 식은땀이 나네요. 여기서 이 문장들을 분석할 필요는 없을 것 같고요. 도블라토프와 감히 비교할 수는 없겠지만, 흉내내려고 노력한 흔적들을 볼 수는 있다…… 정도로 정리하죠.

다만 한 가지 짚고 넘어갈 점은 있어요. 제가 경북도립안동 도서관에 간 건 2017년 9월 8일인데요, 그때만 해도 저는 강연을 할 때 PPT를 사용하지 않았습니다. PPT는커녕 원고조차 준비하지 않고 즉흥적으로 강연을 했죠. 그런데 오늘, 저는 이렇게 PPT를 준비하고 이만큼의 원고를 미리 써 오는 사람이 되었다는 거예요.

그사이에 대체 무슨 일이 있었던 걸까요?

음, 일단 저는 한 아이의 아버지가 되었는데요, 더 이상 자세한 설명은 생략하겠습니다……

만약 우리가
도블라토프의 소설 속에
사는 거라면……

도블라토프의 ‘여행 가방’에는 ‘핀란드산 양말’과 ‘(남에게서 훔친)특권층 구두’ ‘점잖은 더블 버튼 양복’과 ‘장교용 벨트’ ‘페르낭 레제의 점퍼’와 ‘포플린 셔츠’, 그리고 ‘겨울 모자’와 ‘운전 장갑’이 들어 있었습니다.

각각의 물건들에는 각각의 추억, 각각의 일화가 있는데요. 이를테면 「핀란드산 양말」은 대학 시절의 이야기예요. 당시 소련에서는 공장이 제대로 돌아가지 않아 공산품을 구하기 힘들고, 질도 좋지 않았다고 해요. 그래서 친구가 사업 아이템을 떠올립니다. 질 좋은 핀란드산 양말을 밀수해서 이윤을 남기고 파는 거죠. 그들은 떼부자가 되겠다는 부푼 마음을 안고 핀란드 사람에게 양말을 대량으로 사들입니다. 그런데 바로 그다음 날 당국에서 질 좋은 양말을 대량 생산하기 시작한 거예요. 그래서 고스란히 악성 재고로 남은 양말이 아직도 있었던 거죠.

이렇게 가방 속에 든 물건들은 도블라토프의 삶의 일정 시기나 사건을 대표하는 하나의 상징으로 기능하는데요. 앞서 말한 핀란드산 양말은 범죄와 연루되었던 젊은 시절을, 특권층 구두는 육체노동을 하던 시절을, 양복 윗도리는 기자로 활동했던 시절을, 가

죽 벨트는 군복무 시절을, 페르낭 레제의 점퍼는 가난했던 어린 시절을, 포플린 셔츠는 아내와의 결혼생활을, 겨울 모자는 기자 시절의 음주 행각을, 운전장갑은 아마추어 영화를 찍으면서 일어난 일들을 함축하고 있어요. 그래서 아무 상관없는 것처럼 보이는 물건들과 그것을 둘러싼 이야기들이 모자이크처럼 짜맞추어져서 주인공의 러시아에서의 삶이라는 큰 그림을 완성합니다.

말하자면 미국으로 이민을 가는 가난뱅이 작가는 가방 속에 재산 대신 자신의 삶을 넣고 가는 거죠.

제가 가지고 있는 뿌쉬킨하우스 판 『여행 가방』을 번역한 정지윤님이 쓰신 작품 해설에는 도블라토프 작품의 몇 가지 특징적인 요소들이 나열되는데요, 정리할 겸 살펴보면 이런 요소들입니다.

"첫째, 그의 작품들은 작가 자신의, 혹은 지인들의 삶에서 가져온 재미있는 이야기들로 구성되어 있다."

일상적이고 자전적인 성격을 갖고 있다는 거죠.

"둘째, 도블라토프 소설들에는 작가의 분신이라고 할 수 있는 화자가 항상 등장한다."

작가와 주인공을 한없이 근접시키는 게 도블라토프의 스타일인데요, 여기서 중요한 건 그것을 소설적으로, 드라마틱하게 극화하지 않고, 그래서 진짜로 있었던 일처럼 보인다는 거예요. 실제로 『여행 가방』을 두고 소설이 아니라 에세이라고 말하는 사람도 있죠.

"셋째, 비슷한 상황들, 모티프들이 여러 작품에 반복적으로 나타난다."

이를테면 「포플린 셔츠」에 아내와의 첫 만남을 둘러싼 이야기가 나오는데요, 비슷한 이야기가 『우리들의』와 『보존지구』에도 나옵니다. 하지만 그때마다 많은 부분에서 이야기가 달라지는데요, 그게 바로 이것이 에세이가 아닌 소설임을 보여주는 단적인 예라고 할 수 있겠네요.

"넷째, 작품 구조가 대체로 단편적이다."

작은 일화들을 중심으로 구성된다는 점이 도블라토프 소설의 또 하나의 특징입니다. 여행 가방 안에 들어 있는 여덟 개의 물건들을 둘러싼 이야기들이 모여서 하나의 전체를 이룬다는 이야기는 아까 했죠. 하지만 그 물건들을 다루는 단편들의 각각의 구조 또한 작은 이야기들로 이루어져 있어요. 따라서 『여행 가방』이라는 한 권의 얇은 책 안에 엄청나게 많은 작은 일화들이 있는 거죠.

달리 말하면 굉장히 생활 밀착적인 소소한 에피소드들이 도블라토프의 작품 세계를 이루고 있다고도 할 수 있는데요. 그렇다면 인터넷에 떠도는 각종 '썰'과 다를 게 뭔가? 그렇게 생각하실 수도 있어요. SNS 보면 글 재미있게 잘 쓰시는 분들 많잖아요. 진짜 아무것도 아닌 일인데 깔깔 웃게 만드시는 분들도 많고요.

하지만 오해하면 안 됩니다.

도블라토프는 단지 자신이 듣고 보고 겪은 일화들을 재미있게 들려주는 이야기꾼은 아니에요. 물론 그렇게 보일 수 있는데, 그렇게 보인다는 것 자체가 사실 굉장한 테크니션인 거죠. 무엇보다 이건 소설이니까요. 도블라토프는 자신이 직접 겪은 일과 주변 사람들에게 들은 일과 자신이 만들어낸 이야기들을 재료로, 그것을 조합해서 소설을 씁니다. 도블라토프의 말을 직접 들어볼까요.

문제는 다른 것들과 나란히 내가 추구하는 장르는 사이비 기록문학이라는 것이다. 나는 비록 사실적으로는 백 퍼센트 없었던 일이고 이 모든 것이 허구일지라도, 그 이야기들이 시간이 지남

> 에 따라 현실감을 불러일으키고, 이 모든 것이 마치 있었던 것 같기를 바라면서 사이비 기록문학적인 이야기들을 쓴다.

사이비 기록문학적인 이야기라는 것, 저는 도블라토프가 이러한 자의식을 가지고 소설을 썼다는 게 정말 좋아요. 말하자면 도블라토프의 작업은 현실과 픽션의 경계를 무화시키는 거죠. 그 말은, 단순히 현실을 재료로 가져와서 그것을 변형시켜서 픽션으로 만든다, 혹은 현실과 픽션을 적절히 조합한다는 것만을 의미하는 게 아닙니다. 오히려 반대로, 픽션을 가지고 와서 현실을 만든다고 표현하고 싶은데요. 현실과 픽션의 경계를 무화시킨다는 건 바로 그런 의미입니다. 도블라토프가 만들어낸 픽션이 도블라토프가 산 현실과 더는 구분이 되지 않는 순간이 온다는 거죠. 그리고 도블라토프에게 지나치게 '과몰입'한 저라는 독자의 경우, 도블라토프가 만들어낸 픽션이 제가 산 현실과 구분이 되지 않기도 하고요.

물론 그건 앞서 말했듯이 도블라토프의 문학적인 기교가 만들어낸 효과입니다. 하지만 키틀러는 인간의 사유 자체가 철자, 신호, 정보 처리 작업 같은 기술적 표준들이 만들어낸 효과라고 말했습니다. 그렇다면 현실이 도블라토프의 문학적인 기교가 만들어낸 효과라고 말하지 못할 이유가 있을까요?

세계는 끔찍하다.
그러나 삶은 계속된다.

모든 것은 이 세계에서는 기묘하게 얽혀 있다.

전 세계는 무질서다.

도블라토프의 말처럼 이 세계의 기묘한 얽힘, 혹은 무질서가 바로 현실과 픽션의 경계를 무의미하게 만드는 요소입니다. 우리가 무의식적으로 가지고 있는 생각들이 있죠. 일종의 편향이라고 할까요, 믿음 혹은 신념이라고 할까요. 인생은 원래 이래, 이렇게 돌아가는 거야, 혹은 내가 노력하면 보상을 얻게 될 거야 같은 생각처럼 각자가 믿고 있는 인생에 대한 기본적인 논리들이 있어요. 하지만 도블라토프의 소설 속에서 인생은 익숙한 논리를 상실합니다. 마치 현실이 그런 것처럼요.

이게 도블라토프의 유머가 만들어지는 방식인데요, 현실은 그 자체로 그로테스크하기 때문에 도블라토프의 단순한 서술은 웃음을 불러일으키는 동시에 현실의 부조리함을 더 잘 보여주게 되는 거죠. 세계는 단순해서 오히려 독특한 각도로 제시되고, 그 속에서 원인이나 결과 혹은 합법칙성처럼 우리에게 익숙한 것들은 용해되고 서로 자리를 바꾸게 됩니다.

결과적으로 도블라토프의 작품은 우스꽝스러운

현실을 풍자하는 효과를 갖게 되는데요, 바로 이 점이 소비에트 당국을 불편하게 만든 지점이죠. 하지만 도블라토프의 소설을 일반적인 풍자소설과 구분 짓게 만드는 점은 바로 작가의 위치입니다. 앞서 말했듯이 도블라토프는 자신의 등장인물 위에 있지 않아요. 도블라토프는 마치 위에서 내려다보는 것처럼 메타적인 시선으로 모든 것을 비웃는, 언젠가부터 SNS에서 발에 치이도록 자주 볼 수 있는 그런 '똑똑한' 사람이 아닙니다. 주인공과 한없이 가까워지면서 자신이 풍자한 '미친' 세계의 일부가 되는 사람이죠. 따라서 도블라토프는 세계가 아니라 자기 스스로를 비웃으면서 현실적 삶으로부터 멀어지는 게 아니라 오히려 현실에 가까워지게 되는 겁니다.

바로 이러한 점들 때문에 도블라토프의 소설은 일화들의 집합체로 이루어질 수밖에 없는데요. 보통 소설, 특히 장편소설을 통일성과 정합성을 가진 하나의 강력한 서사라고 보는 사람들이 있죠. 모두 이야기 중독자들입니다. 그리고 대부분의 중독자들이 그렇듯, 하나의 특정한 자극을 추구하는 동시에 그것에 점점 무뎌지면서 매번 더 센 것, 더 많은 것을 원하게 되는 거죠.

그런 사람들이 흔히 하는 말이 서사가 없다, 약하다, 삽화적이다, 일화가 그냥 나열되었을 뿐이지 소설이라고 할 수 없다 등등이죠.

그러한 서사에 대한 추구는 인생이 통일성과 정합성을 갖고 있다는 믿음과 연결되어 있는 것 같아요. 하지만 도블라토프가 바라보는 인생은, 세계는 그렇지 않죠. 그것은 부조리한 일화들의 느슨한 연결입니다. 커다란 통일성도, 정합성도, 모든 것을 포괄하는 의미도 없어요. 다만 도블라토프가 내세운 화자의 특유의 톤, 다시 말해 도블라토프의 테크닉을 통해 하나의 소설을 형성하는 거죠.

하지만 일상을 그렇게 일화적인 것의 느슨한 연속으로 파악함으로써 도블라토프에게 삶은 부조리하지만 견딜 만한 것이 됩니다. 굉장히 거대하고 정교한 악 같은 게 있는 게 아니라, 작은 악의들, 작은 실수들, 작은 부조리들이 있는 거죠. 일화의 특징이 뭐예요. 짧다는 거잖아요.

그래서 도블라토프에 대해 이렇게 말할 수 있습니다.

세계는 끔찍하다. 그러나 삶은 계속된다.

그리고 진정한 용기란 삶에 대한 모든 진실을

알면서도 그 삶을 사랑하는 데 있다.

이 문장들은 도블라토프를 검색하다가 어느 독자분의 블로그에서 발견한 건데요, 러시아어를 전공하시고 도블라토프를 굉장히 좋아하셔서 원서를 읽고 쓰셨더라고요. 국내에 출간되지 않은 에세이 중에 있는 구절이라는데, 사실 맥락 없이 보면 뻔한 문장이죠. 『좋은 생각』 같은 데서 본 것 같고, 파울로 코엘료나 혜민 스님 같은 분이 말했다고 해도 이상하지 않을 것 같고. 하지만 도블라토프라는 맥락이 있으니까, 그런 맥락 안에서 보면 설득력을 갖게 되는 거 같아요.

일화의 또 다른 특징은 갈등이 작동하지 않는다는 겁니다. 보통 갈등을 드라마의 기본이라고 하잖아요. 시나리오 작법서 같은 데서는 갈등을 극을 추동하는 제일 원칙으로 꼽기도 하고요. 전통적인 소설, 장편소설의 서사에는 갈등이 존재할 수밖에 없죠. 그렇게 긴 이야기를 내내 몰입하면서 읽기 위해서는 갈등이 적절하게 등장하고 또 해소되어야 합니다. 이야기 중독자들은 어떻게 보면 갈등 중독자들이에요. 연속극을 막장 드라마라고 비웃으면서도 계속 보는 이유는 그것에 중독되었기 때문입니다.

하지만 일화들의 연속에는 갈등이라고 할 만한 게 있을 수 없어요. 왜냐하면, 너무 짧으니까요. 그냥 표면적인 작은 충돌들이 있을 뿐이죠.

저는 갈등을 견디지 못하는 성격입니다. 앞서 도블라토프의 인물들을 '작은 사람들'이라고 칭하며 그들의 특징을 수동적이고 사회적으로 무심하고 무정형적이고 무원칙적이며 타협하는 경향이 있다고 했는데요. 그들이 그럴 수밖에 없는 이유는 기본적으로 갈등을 견딜 수 없기 때문이라고 말할 수도 있을 것 같아요.

그렇다면 제가 영화 〈도블라토프〉에 실망했던 이유를 다시 생각해볼 수도 있을 것 같아요. 영화에서 도블라토프는 체제에 의해 핍박받는 예술가로 등장합니다. 전형적이죠. 한 편의 극으로 만들기 위해 어쩔 수 없는 선택이었다고 할 수도 있고요. 거기서 도블라토프는 사회와 불화하며 갈등하고, 고뇌하는 전통적인 아웃사이더 예술가로 등장합니다. 물론 어떤 의미에서 보자면 그건 사실일 수 있죠. 실제로 도블라토프는 그런 삶을 살았던 것처럼 보이니까요. 하지만 다른 한편으로 보자면, 그건 사실이 아닌 거예요.

도블라토프가 그린 작품 속에서 그는 그런 식으로 삶과 세상을 바라보지 않았으니까요.

한 가지 분명한 건, 영화는 도블라토프의 삶을 그렸지만 도블라토프의 방식으로 그리지는 않았다는 사실입니다. 그런데 저에게, 아마 영화에 혹평을 한 다른 사람들에게도, 도블라토프의 삶과 도블라토프가 삶을 쓰는 방식은 뗄 수 없는 거예요. 반복해서 말하지만, 그게 바로 도블라토프가 현실과 픽션의 경계를 무화시키는 방식입니다.

어쩌면 도블라토프 소설이 보여주는 일화 형식에 대해서 더 많은 말을 할 수도 있을 거예요. 일화라고 하면 보통 '에피소드'를 떠올리는 분들이 많을 텐데요. '아넥도트'라고 하는 편이 더 정확한 것 같습니다. 러시아에는 바로 이 '아넥도트'라는 전통이 있습니다. 짧고 황당하고 부조리하면서 굳이 찾자면 풍자적이고 문학적이고 철학적인 의미를 찾을 수도 있겠지만, 그보다는 그냥 이야기가 가지고 있는 기묘한 울림, 그것이 주는 재미가 더 큰 이야기들입니다.

후장사실주의자들이 모여 만든 『Analrealism Vol. 1』(서울생활, 2015)이라는 잡지가 있죠. 지금은 절판되어서 구할 수 없는데요, 여기에 아넥도트에 대한 소개글과 함께 몇 편의 러시아의 문호들이 등장하는 아넥도트가 소개되어 있어요. 예를 들자면 이런 식입니다.

도스토옙스키가 고골의 집에 놀러갔다. 초인종을 눌렀다. "아니, 도스토옙스키 씨, 고골 선생님은 오십 년 전에 돌아가셨는데요." "아니, 그래요?" 도스토옙스키는(하늘에서 평안하시길) 잠시 생각하더니 이렇게 말했다. "나도 언젠가는 죽을 텐데요 뭐."

하루는 푸시킨과 고골이 결투를 했다. 푸시킨이 말했다. "자네가 먼저 쏘게. 나 먼저 쏘라고? 아니야, 자네 먼저! 아아, 나부터? 아냐, 자네가!" 결국 총은 쏴보지도 못했다.

F.M. 도스토옙스키도(하늘에서 평안하시길) 개를 무척 좋아했지만 자기 자신을 병적으로 사랑했기 때문에 좋아하는 걸 숨겼다(개 말이다). 누가 자기더러 레르몬토프를 따라 한다고 할까봐서였다. 그런 말은 이미 한참 전부터 돌고 있었

는데!

약간 '최불암 시리즈' 같은 느낌도 나는데요. 혹시 최불암 시리즈 아시는 분 계신가요? 아, 그쵸, 제가 너무 옛날 사람이네요. 그냥 없던 이야기로 하고요…… 이런 아넥도트와 도블라토프의 글 사이에서 어느 정도의 친연성을 찾을 수 있을 거 같아요. 먼저 단순한 구조의 문장. 엉뚱함. 부조리함. 거기에서 나오는 웃음. 그리고 반복.

더 많은 이야기를 향해……

이제 슬슬 마무리할 시점이네요. 제가 조금 중구난방으로 떠든 것 같은데, 이게 바로 느슨한 일화들의 연결이라는 도블라토프식의 스토리텔링이거든요. 어때요? 그런 게 좀 느껴지셨나요?

도블라토프의 삶과 책에서 배울 수 있는 교훈은 이런 것 같아요. 모든 것에 교훈이 있어야 된다고는 물론 생각하지 않고, 세상만사에서 교훈을 찾으려는 시도들이 사실 상당히 짜증스럽기도 하지만, 가끔은 교훈이 필요하잖아요. 그리고 오늘 같은 자리를 마무리하는 데 교훈만큼 적절한 것도 없고요.

그 교훈은, 삶이라는 것은 결국 이야기라는 거죠, 누구보다 자기 자신에게 먼저 들려주는 이야기. 그런데 이 이야기는 하나가 아니에요. 다양한 작은 이야기들인데, 계속해서 내용이 바뀌고 분위기가 변하는 다양한 이야기들인 거죠. 우리는 그때그때 스스로에게 들려줄 우리 인생의 이야기를 선택하고, 때로는 지어내면서 삶을 살아가는 것이고요. 아니, 그렇게 이야기를 선택하고 지어내며 스스로에게 들려주는 것이 바로 삶이라고 할 수도 있을 거예요. 그때 픽션과 현실이라는 이분법은 아무 소용이 없지 않나, 우리가 픽션이라고 부르는 것은 어쩌면 더 많은 삶의 가능성이지 않나, 그러므로 우리는 더 많은 이야기들을 지어내야 하지 않을까, 생각하게 됩니다.

그러면서 종종, 아니 자주 웃을 수 있다면 더할 나위 없겠죠.

오늘 제가 준비한 이야기는 여기까지입니다.

지금 제 머릿속에는 눈 내린 뉴욕에서 어린 아들이 탄 썰매를 끌고 가는 도블라토프의 사진이 어른거리는데요, 구글 이미지 검색에서 'Sergei Dovlatov with his son Nicholas'라고 치면 보실 수 있어요. 여러분도 오늘 도블라토프의 이야기를 들으셨으니 그가 어떤 사람이었는지, 사랑하는 아들과 함께 있을 때는 어떤 표정이었는지 꼭 한번 찾아보시기 바랍니다.

하늘에서 부디 평안하시길.

2강

읽고 쓴다는 것의 의미

조지 오웰의 질문,
“나는 왜 쓰는가?”에 답하며

읽고 쓰는 삶……

그런데 그게 사는 건가?

우리는 늘 무언가를 읽고 쓰면서 살아가죠. 굳이 책이 아니더라도 카카오톡 메시지, 유튜브 자막, 식당 메뉴판 같은 것들을요. 그게 굳이 문자일 필요도 없어요. 고개를 조금만 돌려도 각종 기호나 도형, 픽토그램, 아이콘과 이모티콘을 볼 수 있으니까요.

그래서 오늘은 주제를 조금 좁혀서 책을 읽고, 굳이 책까지는 아니더라도 블로그나 페이스북처럼 불특정 다수가 볼 수 있는 공간에 긴 글을 쓰는 것의 의미를 살펴볼까 합니다. 거창한 이야기는 아니고요, 어디까지나 십 년 조금 넘게 책을 읽고 글을 쓰는 직업을 이어오고 있는 개인적인 경험을 바탕으로요.

방금 제가 "십 년 조금 넘게 책을 읽고 글을 쓰는 직업을 이어오고 있다"고 했어요. 그런데 그걸 직업이라고 할 수 있을까요? 개인적으로 약간 곤란한 질문인데요, 왜냐하면 직업이라고 해도 슬프고 직업이 아니라고 해도 슬프니까…… 그렇다면 이렇게 바꿔 말하는 건 어떨까요. '십 년 조금 넘게 책을 읽고 글을 쓰는 삶을 살고 있다.' 음, 확실히 좀더 낫네요, 곧바로 이런 의문이 들긴 하지만요. 그런데 그걸 살았다고 할 수 있나?

얼마 전에 하라 마사토 감독의 〈초국지소지천황〉이

라는 영화를 봤어요. 딱 잘라 설명하긴 힘든 영화지만 대충 이런 내용입니다. 1971년 일본의 역사와 신화에 관한 오래된 책인 『고지키古事記』를 바탕으로 영화를 촬영하던 하라 마사토 감독은 이런저런 사정으로 영화를 끝내지 못하고 촬영을 중단합니다. 그리고 일 년 후 감독은 혼자 카메라를 들고 영화를 촬영했던 장소 혹은 촬영했어야 했는데 촬영하지 못한 장소를 돌아다니면서 새로운 영화를 만드는데요. 영화를 만든다는 것은 무엇인지, 영화를 만드는 과정 자체가 실은 영화가 아닌지 묻는 일종의 로드무비, 영화 일기, 에세이 필름, 메타 영화인 거죠. 거기서 하라 감독이 촬영이 중단되었던 시기를 회상하며 이렇게 말하는 장면이 있어요.

> 도쿄에 가서 몇 달 동안 살았다. 하지만 기분 나쁜 채 도서관에 갔다가 극장 갔다를 반복할 뿐으로 살았다곤 할 수 없다.

하라 마사토를 따라 말하자면, 지난 십 년 동안 저는 기분 나쁜 채 책을 주문하고 마감에 쫓기며 허겁지겁 글쓰기를 반복할 뿐으로 살았다곤 할 수 없을 것 같습니다. 그렇다면 그 시간들은 대체 무엇이었을까요? 저는 왜 그렇게 십 년이라는 시간을 보냈던 걸까요? 음, 어쩌면 이게 오늘 제가 하고 싶은 진짜 이야기인지도 모르겠다는 생각이 드네요.

이제부터 제가 하려는 이야기는 어디까지나 '나'라는 작가가 선 자리에서 바라본 현실에 대한 이야기입니다. 직업적인 독자이자 언제나 시간에 쫓기는 마감 노동자가 생각하는 읽고 쓴다는 것의 의미입니다. 그 점을 유념하면서 들어주시면 감사하겠습니다.

나는 왜 쓰는가—조지 오웰의 경우

책이 있다고 책을 읽을 수 있는 건 아닙니다. 책을 읽기 위해서는 몇 가지가 필요한데요, 먼저 시간이 필요하죠. 책을 읽을 수 있는 시간은 물론이고, 책을 읽는 습관을 가지게 되기까지의 시간이 먼저 전제되어야 합니다. 이건 교육과 관련이 있고, 교육은 부모의 계층, 계급, 재산 여부와 밀접한 관계가 있습니다. 그리고 현재의 경제적인 상황과도 연관이 있죠. 생계를 위해 지나치게 오랜 시간 동안 일을 하지 않아야 하고, 일이 끝난 후에 책을 읽을 수 있는 체력과 정신력이 남아 있어야 하니까요. 물론 책을 살 수 있는 돈도 있어야 하고, 여유 시간을 어떤 막연한 불안 속에서 트위터와 인스타그램과 유튜브를 끊임없이 들여다보면서 흘려보내지 않을 정도로는 정신적인 여유가 있어야 하겠죠.

오해하면 안 됩니다. 저는 지금 여유 있는 가정에서 자라서 여유 있게 생활하는 사람만이 책을 읽을 수 있다고 말하는 게 아닙니다. 그렇지 않은 상황에서 책을 읽기는 힘들다는 것이고, 요즘처럼 '주목 경제'라고 하나요? 사람들의 관심을 끌기 위해 서로 경쟁하며 정신을 분산시키는 매체에 둘러싸인 환경 속에서는 더더욱 힘들다는 말입니다.

그런데 만약 내가 아슬아슬한 상황 속에 있다면 어떨까요? 교육을 통해 책을 읽는 습관을 갖고 있고, 책을 살 돈과 책을 읽는 시간을 낼 만큼은 운이 좋지만, 막상 책을 읽는 내내 이런 생활이 언제까지 가능할 수 있을지, 자칫 망해서 바닥으로 떨어지진 않을지 불안한 마음이 드는 상황이라면, 그때도 나는 계속해서 책을 읽을 수 있을까요? 나이가 들수록 체력이 떨어지는 것처럼 인지력과 집중력도 떨어지는 상황에서, 나는 불안한 마음과 간당간당한 경제적 상황에도 불구하고 계속해서 책을 읽을 수 있을까요? 혹은, 그럼에도 불구하고 책을 읽어야 할까요?

글쓰기는 어떨까요? 물론 글을 쓰기 위해서도 시간은 필요합니다. 읽는 것보다 더 많은 시간과 체력과 여유가 필요하죠. 그럼에도 작가가 되겠다는 꿈을 가지고 글을 쓰는 사람들이 있습니다. 불안하고 붕 뜬 시간을 견디기 위해 글을 쓰는 사람도 있고, 죽도록 피곤하지만 얼마 없는 시간을 쪼개 글을 쓰는 사람도 있죠. 별다른 희망도 원망도 없이 그냥 꾸준히 글을 쓰는 사람도 물론 있을 테고요.

그렇다면 이 사람들이 글을 쓰는 이유는 무엇일까요? 달리 할 게 없는 길고 어두운 밤을 보내기 위해

약한 불빛 아래에서 책을 쓰고 글을 읽던 옛날과는 달리 '나중에 보기' 리스트에 담아둔 영화와 유튜브 동영상만 보면서 남은 평생을 보낼 수 있는 시대인데요.

「나는 왜 쓰는가?」(『코끼리를 쏘다』, 박경서 옮김, 실천문학사, 2003)라는 글에서 조지 오웰은 글을 쓰는 네 가지 이유를 나열합니다.

첫번째, 순전한 이기심입니다. "똑똑해 보이고, 남들의 입에 오르내리고, 죽은 후에도 기억되고, 어린 시절 자기를 놀렸던 사람들에게 보복하려는 욕망." 다른 말로 하면 일종의 지적 허세라고 할 수도 있고, 작품을 통해 불멸의 존재가 되겠다는 예술적 허영일 수도 있고 혹은 어떤 작품이나 사람, 사회를 평가하고 분석하고 판단함으로써 자신의 지적 우월함을 드러내고 남들 위에 서고 싶은 어떤 비평적 충동도 여기에 속할 수 있습니다. 참고로 저는 이런 마음들이 나쁘다고 생각하지 않아요. 아주 보편적인 욕망이죠. 노벨상을 받은 대단한 문호들도 많은 경우 이런 동기로 글쓰기를 시작하고 이어갔을 거라고 저는 생각합니다. 조지 오웰도 마찬가지고요.

두번째, 미학적 열정입니다. "외부 세계의 아름다

움에 대한 인식, 혹은 말과 그것들의 적절한 배열의 아름다움에 대한 인식. 하나의 소리가 또 다른 소리에 미치는 영향, 다시 말해 괜찮은 산문의 견고함이나 좋은 이야기의 리듬을 아는 즐거움." 이건 쉽게 문학적 열정이라고 바꿔 말해도 될 거 같아요. 세계와 자신의 심상을 '투명한' 언어로 옮기고자 하는 서정적 열정, 혹은 언어 자체의 가능성을 극한으로 몰고 가고자 하는 모더니즘적 열정 모두 여기에 속합니다.

세번째, 역사적 충동입니다. "사물을 있는 그대로 보고자 하는 욕망, 진실한 사실을 발견해서 후손들을 위해 그것들을 보존하려는 욕망." 이건 일종의 다큐멘터리스트적인 충동인데요. 다르게 말하면, 시대의 목격자나 기록자를 자처하며 내가 바라보는 버전의 역사를 남기고 나아가 스스로 역사의 일부가 되려는 충동이기도 할 것 같네요.

마지막 네번째는 정치적 목적입니다. "넓은 의미에서의 정치적, 세계를 특정 방향으로 몰고 가고자 하는 욕망, 성취하려고 노력해야만 하는 그런 종류의 사회를 위해 다른 사람들의 생각을 바꿔보려는 욕망." 오웰은 이렇게 덧붙입니다. "다시 한번 말하지만, 어떠한 책도 정치적 편견으로부터 자유로울 수 없다. 예술이 정치와 관계가 없다는 의견 자체가 정치적 태도이다." 그렇죠, 어떤 작품이 정치적인 이슈를 다루고 있어서 불편하다느니, 예술 작품은 중립을 지켜야 한다느니 하는 주장들은 다 개소리입니다.

그렇다고 이 말을 너무 무겁게 받아들일 필요는 없을 것 같아요. '넓은 의미에서의 정치적, 세계를 특정 방향으로 몰고 가고자 하는 욕망'을 요즘 말로 바꿔 말하면 '영업'이라고 할 수 있을 텐데요. 내가 사랑하는 책을, 영화를, 노래를, 혹은 작가를, 배우를, 가수를 더 많은 사람들이 읽고 보고 듣고 사랑해주고 또 이야기하는 사회를 만들고자 하는 욕망이 그 속에 담겨 있는 거죠.

기록하기, 존재하기

이건 오웰이 밝힌 개인적인 동기지만, 일반적인 동기로 확대해서 생각해도 큰 무리는 없을 것 같아요. 다만 저는 여기에 하나를 더하고 싶은데요, 그건 바로 시간에 대한 반응입니다. 정확하게 말하면 통제할 수 없는 시간에 대한 지극히 인간적인 리액션이라고 할 수 있겠네요.

흔히 그런 말을 하잖아요. 과거는 지나갔고 미래는 오지 않았다, 그리고 현재는 순식간에 지나가버려서 잡을 수가 없다. 이때 글쓰기는 지나가버린 과거를 되찾으려는 노력일 수 있고, 아직 오지 않은 미래를 선취하려는 노력일 수도 있습니다. 동시에 그것은 결국 '지금'을 살아가려는 노력이겠죠.

프랑스의 화가 들라크루아는 이런 말을 했다고 해요. "기록되지 않은 날들은 존재하지 않는 날과 같다."

시간은 의식하지 않으면 어떻게 흘러가는지 모르게, 휙휙, 뭉텅이로 지나가버립니다. 주간지 기자의 시간은 주 단위로 휙휙 지나가고, 월간지 기자의 시간은 월 단위로 휙휙 지나가고, 계간지 편집자의 시간은 계절 단위로 휙휙 지나간다고 하잖아요. 정신차려보면 마감이고 정신없이 마감하고 좀 쉬다가 또 정신을 차려보면 마감이고…… 프리랜서 원고 노동자의 경우도 크게 다르지 않습니다.

그래서 매듭이나 분절이 필요합니다. 사람들이 송년회나 신년회 같은 세리머니를 하는 이유도 마찬가지입니다. 그런 게 없다면 지나간 한 해를 정리하기도, 새로운 한 해를 맞이했다고 실감하기도 어려울 테니까요.

제 시간은 아기를 보는 시간과 일을 하는 시간으로 나뉘어 있는데요, 일주일에 3.5일은 아기를 보고, 나머지 3.5일에는 일을 하는 식으로요. 그렇게 되면 일주일이 금방 지나갑니다. 아기와 함께하는 뭉텅이 하나가 지나가고 일을 하는 뭉텅이 하나가 지나가면 일주일입니다. 그게 몇 번 반복되면 한 달이고 계절이고 일 년이 되는 거예요.

저는 일기를 쓰는데, 시간이 얼마나 빠른지 일기를 쓰기에도 늘 시간이 부족합니다! 아기와 함께하는 시간 동안에는 일기 같은 걸 쓸 시간이 없어요. 아기가 밤에 잠들고 난 다음에는 일기 같은 걸 쓰고 있을 체력적인 여유가 남아 있질 않죠.

일을 하는 시간에는 그동안 밀린 일들을 처리하느라 늘 초조하고, 조급하고, 그러다보니 일기를 쓰고 있을 정신적인 여유가 없어요. 그래서 저는 일주일에 한 번, 일하는 날의 반나절을 할애해서 밀린 일기를 몰아 쓰는데요, 당연히 기억이 나질 않습니다. 아기와 함께한 시간에 대해서는 "좋았다, 근데 피곤하다", 일을 한 시간에 대해서는 "일이 잘 안 된다, 피곤하다" 뭐 그런 말밖에 쓸 수 없는 거죠. 이때 저는 트위터를 참고합니다. 일기를 쓸 시간은 없어도 트위터를 할 시간은 언제나 있으니까요. 틈틈이 트위터에 쓴 것들을 돌아보면서, 뭉텅이 두 개로 덩어리져 있던 지난 일주일이라는 시간을 분절해서 제자리를 찾아주는 거죠.

직업적인 작가의 등장에서 근대문학의 종언까지

그렇다면 읽기는 어떨까요? 우리는 왜 책을 읽는 걸까요? 역시 쓰기와 마찬가지로 다섯 가지 동기로 분류할 수 있을 것 같아요.

순전한 이기심은 어떤 책을 읽음으로써 똑똑해 보이고 싶고, 잘난 척하고 싶은 마음, 지적 허세라고 할 수 있고요.

미학적 열정은 다양한 종류의 아름다움에 대한 끌림, 우리가 문학을 읽는 가장 강력한 동기 중 하나죠.

역사적 충동은 나를 둘러싼 세계에서 지금 무슨 일이 벌어지고 있는지 독서를 통해 확인하고픈 충동이라고 할 수 있겠네요.

정치적 충동은 내가 옳다고 생각하는 세계의 방향을 모색하고 강화하는 독서일 수도 있고, 나와 같은 지향을 가지고 있는 사람을 발견하고픈 충동일 수도 있고요.

시간에 대한 반응은, 아마 그런 경험을 해보신 적이 있을 거예요. 어떤 책을 펼쳤는데 내용은 기억 안 나지만 예전에 그 책을 읽던 순간의 조명…… 온도…… 습도…… 같은 것들이 마치 프루스트의 마들렌이 불러온 기억처럼 훅 끼쳐올 때가 있죠. 이렇게 말할 수 있다면, 책장을 넘기면서 우리는 시간을 함께 넘기는 것 같아요. 그러면서 책장 사이사이에 그 것을 읽은 시간들이 자연스럽게 놓여지는 거죠. 마치 무형의 책갈피를 꽂는 것처럼요.

그런데 최근 어떤 원고를 쓰다가 오웰이 글을 쓰는 네 가지 동기를 분류하기에 앞서 한 가지 사실을 전제했다는 사실을 뒤늦게 깨달았어요. 오웰은 앞의 이유들을 나열하기 전에 먼저 이렇게 씁니다. "생계 때문인 경우를 제외한다면". 조지 오웰은 생계 때문에 글을 쓰던 사람이죠. 저도 마찬가지고요. 그런데 왜 전에는 그 구절에 주목하지 않았을까, 하는 당연한 의문이 들더라고요.

물론 그걸 보편적인 동기라고 볼 수는 없을 것 같아요. 글을 쓰는 모든 사람이 자신의 글로 돈을 버는 건 아니니까요. 오히려 그런 사람들은 소수에 가깝죠. 역사적으로 봤을 때도 글을 써서 생계를 유지하는 직업적인 작가라는 개념은 비교적 최근에 등장한 개념입니다.

작가라는 직업이 가능하기 위해서는 먼저 다른 것들이 선결되어야 하는데요, 미즈바야시 아키라는 『프랑스 근대문학—볼테르, 위고, 발자크』(이차원 옮김, 웅진지식하우스, 2010)에서 반드시 충족되어야 하는 다섯 가지 조건을 이렇게 꼽습니다.

(1)인쇄술의 진보
(2)저널리즘의 발달
(3)소설의 유행
(4)의무교육의 보급
(5)민중의 여가 확보

모두 19세기에 들어서야 가능해진 것들입니다. 여러분이 잘 아시는 발자크가 바로 최초의 직업 작가 중 한 명인데요, 사실 그 발자크조차 소설을 통해 생계를 유지하기 위해서는 적지 않은 시간이 필요했습니다. 당시 프랑스는 수십 년 전에 벌어진 혁명전쟁으로 국민개병제가 실시되면서 군사 훈련을 위한 교육을 통해 문자 해독률이 높아졌고, 도시를 중심으로 독신자와 학생 비율이 높아지면서 여가 시간을 보내는 문제가 중요하게 대두되고 있었는데요. 동시에 그 전까지 예술가들을 후원해오던 패트론들이 점차 사라지며 작가들이 익명의 독자들을 상대로 글을 쓰게 되었고, 자연스럽게 저널리즘이 싹트기 시작했습니다. 하지만 인쇄술이나 제본 기술, 책의 판매망, 저작

권 등 출판 관계 법률 등에는 아직 별다른 변화가 이루어지지 않고 있던 시기였죠.

발자크의 부모님은 아들이 세무사 같은 안정적인 직업을 갖길 원하던 평범한 중산층이었습니다. 커트 보니것이 그랬던가요? 부모의 가슴을 아프게 하고 싶다면 예술가가 되라고. 열아홉 살의 발자크는 문학계의 나폴레옹이 되겠다는 포부를 품고 부모의 가슴에 대못을 박은 채 집을 떠납니다. 그리고 다락방을 전전하며 글쓰기에 몰두하는데요. 극작가들 주변에서 심부름을 하며 극작가의 꿈을 꾸기도 했지만 극작에 재능이 없다는 걸 깨닫고 곧바로 소설가가 되기로 합니다. 그런데 아무리 열심히 소설을 써봤자 벌이가 형편없는 거죠. 발자크는 생각합니다. 분명 제작 과정 어딘가에서 소설가를 착취하는 사람들이 있을 거라고. 그리고 직접 출판업을 시작합니다. 빚을 내서요.

그런데 출판업도 돈이 되지 않기는 마찬가지였어요. 발자크는 누가 또 착취를 한다고 생각하고, 다시 한번 빚을 내서 인쇄업에 뛰어듭니다. 하지만 인쇄업자가 되어도 돈은 벌리지 않고, 그럼 남은 선택은 뭘까요. 제지업자? 활자 제조업자? 다행히 발자크는 더 이상 빚을 낼 수 없었고, 어쩔 수 없이 다시 소설을 씁니다. 그리고 비로소 우리가 아는 발자크가 되는 거죠. 빚쟁이들을 피해 밤새도록 수십 잔의 커피를 마시면서 소설을 쓰는 시간을 십 년 정도 보내야 하지만요. 중간에 잠시 원고료의 유혹을 이기지 못해 소설을 접고 저널리즘으로 외유를 하기도 해요. 그렇지만 전반적인 상황은 점차 발자크에게 유리한 쪽으로 돌아가고 있었습니다. 합당한 원고료를 주고 원고를 싣기 시작하는 문예지가 생겨나면서 비로소 소설을 통해 생계를 꾸려나갈 수 있게 된 거죠.

직업으로서의 작가의 역사는 길게 잡아도 이백 년이 채 되지 않는 셈입니다. 그전까지는 작가가 되기 위해 귀족의 후원을 받거나, 본인이 귀족이거나, 수도사나 학자처럼 본업이 따로 있어야만 했던 건데요. 하지만 소수의 예외를 제외한다면, 직업 작가가 생겨났다는 사실이 작가들의 경제 상황이 나아졌다는 사실을 의미하는 건 아닌 것 같아요. 작가의 비참한 삶을 토로하는 글들이 세계 문학사에 얼마나 많은지 아시면 아마 놀라실 겁니다. 물론 예나 지금이나 작가들이란 대체적으로 징징거리기 좋아하고 과장하기 좋아하는 존재인 데다가, 그런 징징거림을 맘대로 토로할 수 있는 종이와 펜을 사실상 독점했던 사람들이라는 점은 감안해야겠지만요.

그럼에도 많은 사람들이 작가를 꿈꾼 것은 작가라는 직업이 가진 사회적인 위상 때문이었습니다. 지난 세기까지만 해도 '작가=지식인'이라는 인식이 있었잖아요. 그래서 소설가나 시인들이 문학뿐 아니라 사회에 대한 발언을 하며 적지 않은 영향력을 미칠 수 있었고요.

여기에는 이유가 있습니다. 가라타니 고진의 『근대문학의 종언』(조영일 옮김, 도서출판b, 2006)에 의하면 19세기에 전 세계적으로 민족국가 혹은 국민국가라는 '상상된 공동체'가 형성된 데에는 소설의 역할이 결정적이었습니다. 인쇄술의 발달로 표준어가 정립되고, 단일한 언어로 쓰여진 소설이 널리 읽히며 '공감'의 공동체가 만들어진 거죠. "소설이 지식인과 대중 또는 다양한 사회적 계층을 '공감'을 통해 하나로 만들어 네이션(근대국가)을 형성한다는 것" "그 결과, 그때까지만 해도 낮기만 했던 소설의 지위가 상승"했다고 고진은 말합니다. 그리고 그런 시절은 이미 지나가버렸죠.

한때 우리 사회에도 많은 논란을 불러일으켰던 '근대문학의 종언'이란 결국 '문학'이 끝났다는 게 아니라, 역사적 상황에 의해 특권적인 지위를 부여받았던 문학의 어떤 형태, 즉 '근대문학=소설'의 사회적이고 정치적인 영향력이 더이상 유효하지 않다는 뜻이라고 생각하시면 될 것 같아요.

따라서 직업적인 작가, 특히 문학 쪽에 종사하는 작가에게는 두 가지 위기가 있는 셈입니다. 하나는 특권적 지위의 박탈. 다른 하나는 십오 년째 제자리 걸음인 원고료에서 단적으로 드러나듯 나아지기는 커녕 점점 나빠지기만 하는 경제적 상황.

출판의 이면

저는 글을 쓰고 원고료를 받아 생활하는 사람이고, 직업적으로 글을 쓰기 시작한 이후로는 돈을 받지 않고는 한 줄도 쓰지 않는 사람이 되었습니다. 물론 일기를 쓰긴 하지만 그건 언젠가 필요할 경우를 대비해서 재료를 쌓아두는 느낌에 더 가깝고, 실제로 『고교독서평설』이라는 잡지에 일기를 연재하고 있기도 하고요.

그럼에도 불구하고 한때 저는 '돈을 벌 생각으로 글을 쓰는 사람은 글을 쓸 자격이 없다'는 말을 하기도 했는데요. 돈을 벌겠다는 생각이 너무 세속적이어서가 아니라, 글로 돈을 번다는 생각을 할 정도로 현실감각이 없는 사람이라면 좋은 글을 쓸 수 없을 거라는…… 일종의 농담이었죠.

그런데 어느 순간 반대로 '글을 써서 돈을 벌겠다는 생각을 하는 사람이야말로 글을 쓸 자격이 있는 게 아닐까?' 하는 생각이 들더라고요. 불가능한 것을 꿈꾸기, 그것이야말로 '진정한' 문학적 상상력 아닐까요? 그렇다면 현실은 어떨까요? 현실은 일이 없을 땐 이러다 죽겠다는 생각이 들도록 일이 없고 일이 많을 땐 이러다 죽겠다는 생각이 들도록 일이 많습니다.

어떻게 생각하면 당연하죠. 원고료를 매당 1만원이라고 치면 '월200'을 벌기 위해 매달 200매를 써야 합니다. 차라리 200매짜리 원고를 하나 쓴다거나, 아니면 800매에서 1,000매 내외의 단행본을 몇 달에 걸쳐서 쓴다고 하면 나을 텐데, 현실은 그렇지 않죠. 10매에서 70매 사이의 글을 적게는 네댓 편, 많게는 열 편 이상을 써야 하는 거예요. 사나흘에 한 번씩 마감을 해야 한다는 건데, 심지어 그렇게 마감 일정을 조정할 수도 없어요. 비슷한 시기에 나오는 잡지 발행일에 맞춰 마감일도 엇비슷하게 몰리니까요.

이런 생활을 몇 년은 할 수 있습니다. 하지만 지속할 수는 없어요. 아주 특별한 경우가 아니라면 대부분 그전에 지쳐 나가떨어지거나, 이런저런 요인으로 인해 청탁이 끊기는 게 일반적이죠.

따라서 방송 출연이나 강연이나 유튜브 같은 다른 직업들을 병행하거나 아예 전직을 하는 경우도 많은데요. 저는 그런 것들이 나쁘다고 생각하지 않습니다. 다만 그건 더이상 쓰기와는 관계가 없는 일이기 때문에, 이 자리에서 이야기할 이유는 없을 것 같아요. 얼마 전 만화가 이말년 씨가 라디오에 나와 이렇게 말했다고 해요. 웹툰은 삼 년 전부터 안 한다, 손이 많이 가서 인터넷 방송이 훨씬 낫다, 앞으로도 웹툰은 할 생각이 없다, 작품은 성취감이 있지만 그것만 포기하면 쉬운 길로 갈 수 있다…… 분야는 다르지만 글쓰기도 마찬가지 아닌가 하는 생각도 듭니다.

아니면 아예 베스트셀러를 쓰는 방법도 있습니다. 그래서 생활비를 벌기 위해 매달, 매주, 매일 자잘한 원고들을 납품하는 반복적인 노동을 끝내고 긴 호흡으로 소위 말하는 '자기 글'을 쓰는 거죠. 문제는 원한다고 누구나 베스트셀러를 쓸 수는 없다는 건데요. 운도 좋아야 하고, 때도 맞아야 하고, 유명인이 내 책을 읽어줘야 하고…… 결국 현실적으로 할 수 있는 건 없는 시간을 쪼개고 노력을 쥐어짜서 좋은 기획을 하고 좋은 글을 쓰고 좋은 책을 만드는 일밖에 없는 거죠.

그런데 보통 단행본 원고에는 따로 원고료를 주지 않거든요. 책이 나와서 인세를 받기 전까지는 계약할 때 주는 계약금이 전부인데, 그것도 사실 나중에 받을 인세에서 그만큼을 떼어 가불받는 형식이에요. 다시 말해, 원고지 1,000매짜리 단행본을 쓴다고 치면 그걸 쓰는 몇 달 혹은 몇 년 동안 선인세로 받은 100만원이나 200만원으로 생활을 해야 한다는 거예요. 굶어 죽기 딱 좋죠. 굶어가며 책을 다 쓴다고 해서 상황이 나아지는 것도 아니에요. 정가 15,000원짜리 책을 초판 2,000부 찍었다고 치면 인세가 300만원인데, 거기서 계약할 때 받은 선인세를 제하고 남은 금액을 받으면 또 100만원이나 200만원인 거잖아요. 조삼모사 같은 거죠. 시작할 때 100만원 받고 완성했을 때 200만원 받을래, 시작할 때 200만원 받고 완성했을 때 100만원 받을래? 무엇을 선택하건 생활은 불가능합니다.

여기에서 역설이 발생합니다. 마감 지옥에서 빠져나와서 긴 호흡으로 책을 쓰기 위해서는 베스트셀러를 내야 하는데, 베스트셀러를 내기 위해서는 먼저 마감 지옥에서 빠져나와서 긴 호흡으로 책을 쓸 수 있어야 해요, 그런데 그러려면 먼저 베스트셀러를 내야 하고 그러려면 먼저 마감 지옥에서 빠져나와서……

당신이 선택한 거 아니냐, 애당초 망해가는 업계에서 일하는 게 잘못이다, 누가 글 쓰라고 칼 들고 협박이라도 했냐, 실력 있는 작가들은 지금도 돈 잘 번다 등등…… 여러 가지 말들을 할 수 있을 것 같아요. 각각 어느 정도는 사실이기도 하고요.

그런데 그렇게 말하는 건 아무것도 바꾸지 않겠다

는 거죠. 저는 지금 출판이라는 산업, 생태계, 필드에 대해 이야기하고 있습니다. 여기 운 좋은 극소수의 작가들이 있어요. 그리고 글만 써서는 최저생계비조차 벌지 못하는 나머지 대다수가 있죠. 사실상 지금의 출판계는 이런 대다수의 작가들, 그리고 박봉과 초과 근무에 시달리는 출판 노동자들을 갈아가면서 유지되고 있는 것에 지나지 않는지도 모릅니다. 사람들이 갈려나가도 '읽고 쓴다는 것'에 대한 막연한 동경으로 흘러들어오는 사람들이 꾸준히 있으니까요. 그렇다면 지금이라도 변해야 하지 않을까요? 망해가는 업계라서 어쩔 수 없다고 하고 말 게 아니라, 차라리 망할지언정 더는 사람들을 착취하지 않도록 누군가는 목소리를 내야 하지 않을까요?

뇌에서 책으로, 책에서 웹으로

저도 모르게 목소리가 커졌네요. 이야기를 돌려보죠. 직업적인 작가가 탄생했다는 건 곧 독자 대중이 탄생했다는 뜻입니다. 앞서 쓰기의 다섯 가지 동기를 따라 읽기의 다섯 가지 동기를 분류했는데요, 쓰기에는 '돈'과 '(작가라는) 사회적 위상'이라는 또 하나의 요소가 있다는, 혹은 있었다는 사실도 살펴보았습니다. 그렇다면 읽기에서 여기에 해당하는 것은 무엇일까요?

제 생각에 '돈'은 '재미'와, 그리고 '(작가라는) 사회적 위상'은 '(교양이라는) 상징자본'과 짝지을 수 있을 것 같아요.

과거에는 한 사회가 가진 재미의 총량에서 책이 차지하는 비중이 굉장히 컸죠. 달리 즐길 거리가 없었으니까요. 심심한 사람들이 책을 찾았고, 당연히 책은 돈이 되었습니다. 하지만 요즘은 어떤가요? 넷플릭스, 유튜브, 웹소설, 웹툰, 페이스북과 인스타그램, 기타 등등 손바닥만한 스마트폰 하나로 예전에는 상상도 할 수 없었던 자극을 찾을 수 있습니다. 자연히 책을 찾는 사람은 적어집니다. 돈도 안 되죠.

동시에 새로운 미디어가 등장하며 책이라는 매체가 가지고 있던 힘—역사를 기록하고, 사회를 변화시키고, 사람의 마음을 움직일 수 있는—도 함께 약해졌다고 말할 수 있을 것 같아요. 자연히 작가의 사회적 위상은 추락하고, 책을 통해 쌓을 수 있었던 전통적인 교양의 가치도 떨어질 수밖에 없습니다.

이건 고진이 말한 '근대문학의 종언'과는 조금 다른 이야기인데요. 문자와 함께 인류의 역사시대가 시작되었습니다. 문자는 그전까지 사람들의 기억 속에 있던 것들을 책이라는 형태를 통해 밖으로 끄집어냈습니다. 소크라테스가 인간의 기억력을 퇴화시킨다는 이유로 책에 반대했다는 사실은 유명하죠. 하지만 기억에서 기록으로 넘어가는 과정이 순식간에 진행된 건 아닙니다. 문자의 발명 이후에도 오랫동안 문자는 인간의 기억을 주요한 거점으로 삼았습니다.

인쇄술이 발명되기 전까지는 책을 만들려면 손으로 일일이 베껴 쓰는 수밖에 없었어요. 책은 흔한 게 아니었고, 지식은 소수가 독점했지요. 하지만 구텐베르크가 금속활자를 이용한 새로운 인쇄 기술을 발명한 이후 모든 것이 달라집니다. 이전까지 책 한 권을 만드는 데 두세 달이 걸렸다면 이제 한 주에 오백 권을 찍을 수 있게 된 거죠. 동시에 철도를 비롯한 교통의 발달로 찍어낸 책들을 더 짧은 시간 동안 더 먼 곳까지 옮길 수 있게 됩니다. 책 유통량이 폭발적으로 늘어나고, 비로소 문자는 기억을 벗어나 책 속에 자리잡게 되는 거죠.

그러면서 새로운 미학과 심상 또한 만들어지는데요, 단순하게 말하면 이전까지의 작품들이 대부분 구술문학의 전통 위에서 듣는 이가 기억하기 쉽고 전파하기 쉽도록 같은 문구를 반복한다거나 흔하고 상투적인 표현을 주로 사용했던 것과 달리, 이제는 다른 작품과 변별되는 개인의 독특한 개성에 더 큰 가치를 부여하는 미학이 생겨납니다. 우리가 작품의 완성도를 판단하는 데 사용하는 통일성이나 완결성 같은 개념들도 책이라는 매체에서 비롯되었다고 볼 수 있는데요, 한마디로, 여러 개의 독립된 두루마리 족자로 이루어졌다면 요구하지 않았을 그런 가치들을 책에는 요구하게 된 거죠. 그것이 한 손에 들어오고, 하나의 전체로서 조망할 수 있는 '한 권의 책'이기 때문에.

이러한 개성의 추구를 가리켜 가라타니 고진은 '개인적인 내면의 발견'이라고 말합니다. 한마디로 책, 그리고 책에 깃든 문자를 통해 근대적인 국가가 만들어지고 근대적인 개인이 탄생하게 되는 거죠.

20세기 들어서며 영화와 라디오, 티브이 등의 매

체가 발명되며 책은 심각한 도전을 받습니다. 하지만 책이 가지고 있는 '문자의 담지자'라는 위상은 흔들리지 않았어요. 적어도 21세기가 되어 스마트폰을 통해 언제 어디서나 인터넷에 접속할 수 있게 되기 전까지는요.

이제 책은 더이상 문자를 독점하는 매체가 아닙니다. 그리고 부드럽고 유동적인 매체(뇌)에서 딱딱하고 고정적인 매체(책)로 옮겨갔던 문자는 이제 다시 유동적이며 검색 가능한 매체(인터넷)로 옮겨가는 중이지요.

아니면 이렇게 말할 수도 있을 것 같아요. 기억이라는 형태로 인간의 머릿속에 있던 정보가 과거의 어느 순간 기록이라는 행위를 통해 책이라는 외부 저장장치로 옮겨갔고, 이제 기억과 기록을 구분하는 것이 더이상 의미 없을 정도로 혼합된—내부는 아니지만 그렇다고 완전히 외부도 아닌—공간으로 옮겨가는 과정중에 있다고요.

쏟아진 물을 주워 담을 수 없는 것처럼 일단 책 밖으로 뛰쳐나간 문자들을 도로 가둘 수는 없습니다. 방대한—거의 무한에 가까운—저장 공간, 간단한 키워드만으로 평생 읽지 못할 자료들을 찾아주는 검색

능력, 무엇보다 실시간 발행과 실시간 상호작용이라는 인터넷의 역량을 책은 결코 따라갈 수 없기 때문입니다.

이런 상황에서 '책만이 할 수 있는 것이 있다' '책이 제공하는 종류의 정제되고 정돈된 지식을 인터넷은 제공할 수 없다' 같은 말을 해봤자 별다른 울림을 갖지 못하겠죠. 틀린 말은 아닙니다. 하지만 패러다임 자체가 바뀐 상황에서 그런 말들은 책을 반대하고 기억을 옹호한 소크라테스의 말과 별반 다르지 않은 것처럼 들립니다.

오해하면 안 됩니다. 저는 책이 사라져도 좋다고 말하는 게 아닙니다. 책은 사라지지 않을 것입니다. 책이 나왔다고 기억이 사라진 게 아닌 것처럼요. 다만 지금과는 다른, 좀더 축소되고 분화된 역할을 맡게 되겠죠. 그게 무엇인지는 저도 알 수 없고, 중요한 이야기도 아닌 것 같습니다. 적어도 오늘 이 자리에서는요.

책이라는 새로운 매체가 널리 정착되며 새로운 미학과 새로운 심상을 만들었듯이, 조만간 온라인을 디폴트로 한 새로운 미학과 새로운 심상이 만들어지겠죠. 어쩌면 이미 만들어졌는지도 모르고요. 단적으로 말하면 웹소설이 출판 소설과 달리 '문학적으로 훈련된' 문장이나 '정제된 언어'를 구사하지 않는다는 비판은 근대문학이 구술문학과 달리 더이상 반복되는 상투적인 문구들을 사용하지 않는다고 비판했던 것과 다름없이 시대착오적으로 여겨지는 날이 올 수도 있습니다. 물론 미래는 누구도 알 수 없지만, 바로 그렇기 때문에 웹소설이라는 장르가 어떤 형태의 문학으로 발전할지 우리는 알지 못합니다.

그렇다면 웹소설은 새로운 '순문학'이, 나아가 탈근대 문학의 우세종이 될 수 있을까요? 블로그는 새로운 책일까요?

읽기와 쓰기의 미래

너무 거창한 이야기들을 하고 말았네요. 이쯤에서 다시 저라는 개인의 입장으로 돌아와야 할 것 같습니다.

읽는 사람으로서 저는 다른 사람들처럼 스마트폰을 통해 많은 것들을 읽습니다. 온라인 기사나 전자책처럼 기존에 있던 포맷을 그대로 옮긴 글들은 물론, 웹이라는 매체에 최적화된 웹소설이나 블로그 글들을 읽습니다. 깨어 있는 시간 내내 트위터에 접속해 있으며, 사실상 트위터에서 산다고 말할 수 있을 정도입니다. 그걸 산다고 말할 수 있는지는 모르겠지만요.

쓰는 사람으로서 저는 그보다는 훨씬 협소한 범위에서 활동합니다. 저는 블로그*가 없고, 페이스북을 증오하며, 어떤 종류의 커뮤니티 활동도 하지 않고, 뉴스 댓글도 달지 않습니다. 제가 하는 건 트위터뿐이고, 사실 트위터를 하는 것만으로도 너무 바빠 다른 활동을 할 여력이 없습니다.

그렇다면 직업적인 작가로서의 저는 어떨까요? 제가 오프라인 잡지에 쓴 글이 웹에 올라가기도 하고,

* 이 강연 이후 몇 년의 시간이 흐르는 동안 시대의 흐름에 더이상 저항하지 못하고 포스타입과 투비컨티뉴드와 네이버에 블로그를 만들었다.

웹진이나 인터넷 뉴스 매체, 혹은 출판사 홈페이지 등에 올라갈 글을 청탁받기도 하지만 저는 기본적으로 종이책을 기반으로 한 출판업계에서 직업 활동을 하고 있다고 봐야 할 것 같습니다. 말하자면 가라앉는 타이태닉호에서 연주하는 악단 같은 거죠. 대부분의 작가는 과장을 좋아하고 틈만 나면 징징거리는 존재라고 제가 말했던가요?

다만 제가 우려하는 건, 출판계에서 벌어지고 있는 착취가 웹이라는 새로운 생태계에서도 여전히 이어지고 있는 것처럼 보인다는 사실입니다. 웹툰이나 웹소설 플랫폼의 불공정 계약 이슈가 대표적이죠. 망해가는 출판계와 달리 외적으로 어마어마한 매출을 자랑하며 가파르게 성장하고 있는 상황에서 플랫폼의 탐욕으로 불공정한 계약을 강요한다는 사실이 씁쓸하게 느껴집니다. 아무리 저작권이 문제라지만, 웹의 특성을 철저히 무시한 채 웹소설 본문이 검색에 걸리지 않도록 철저히 막아두고 심지어 텍스트가 아닌 이미지 파일로 올리기도 한다는 사실을 생각하면 코웃음이 나기도 하고요.

사실 블로그 또한 일종의 착취라고 할 수 있습니다. 블로거들의 자발적인 노동으로 플랫폼은 돈을 벌지만 그 돈을 블로거들에게 나눠주지는 않으니까요. 물론 블로그 공간을 무상으로 제공하기는 하죠. 원한다면 광고 배너 등을 달아 수익을 추구할 수도 있고요. 하지만 그것만으로는 기울어진 균형을 맞출 수 없습니다. 무엇보다 포털은 검색에 노출되는 빈도와 순위를 조정하고, 특정한 포스트들을 메인에 배치하면서 자기들 입맛에 맞춰 블로그 생태계를 이끌어가는데, 이건 커다란 사회적 해악입니다. 블로그로 돈을 벌고 싶은 사람들은 아무 내용은 없지만 검색에 잘 걸릴 만한 포스팅을 남발하거나 아예 협찬을 받아 홍보용 포스트를 작성하고, 포털은 그런 글들을 검색 결과 상위에 노출함으로써 광고주들을 유인하죠. 악순환입니다.

읽고 쓰는 것은 중요합니다. 그리고 그것을 특정한 플랫폼들, 빅테크 기업이 관리하는 사적 자산이 되도록 방치해선 안 됩니다.

다시 말하지만, 책이라는 매체로 돌아갈 수는 없습니다. 설령 정부에서 출판계에 엄청난 지원금을 쏟아부어 양질의 책들을 만들어낸다고 하더라도—실제로 아무리 돈을 쏟아붓는다고 하더라도 양질의 책들이 그렇게 많이 만들어질 것 같진 않지만요—유동하는 문자들을 다시금 책 안으로 가둘 수는 없습니다. 그렇기 때문에 거대 플랫폼들에게 선점당한 것들을 탈취해야 합니다.

두 가지 방법이 있습니다. 먼저 종이책이 아직 일말의 영향력을 갖고 있는 지금, 일종의 엄숙주의와 저작권 그리고 단순한 거부감 때문에 억압하고 사용하지 않았던 종이책의 잠재성을 지금이라도 탐구하고 시도하는 것입니다. 이를테면 이런 식으로요.

피에르 바야르는 『망친 책, 어떻게 개선할 것인가』(김병욱 옮김, 여름언덕, 2013)라는 책에서 볼테르나 루소, 빅토르 위고나 모파상 같은 거장들의 '졸작'을 다룹니다. 바야르는 그것들을 비판하거나 조롱하는 대신 실패의 원인을 분석하고, 개선할 수 있는 방법을 탐구하는데요. 오해하면 안 되는 게, 위대한 작가들의 실패를 거울삼아 더 나은 글을 쓸 수 있는 방법을 배우자는 게 아니에요. 마치 우리가 그것의 작가이거나 편집자인 것처럼 책 속으로 직접 들어가 플롯과 결말을 바꾸고, 등장인물을 교체하고, 문체를 수정하는 식의 적극적인 '개작'을 통해서 사망 선고를 받은 작품을 다시 살려내자는 거죠.

우리는 흔히 작품과 우리의 관계를 일방통행이라

고 생각하잖아요. 우리가 책에 영향을 받을 순 있지만 책에 영향을 줄 수는 없다고요. 하지만 바야르는 우리가 그 길을 거슬러 갈 수 있고, 거슬러 가야 한다고 말합니다. 그래서 우리가 단단한 책 속에 고정된 문자를 마치 유동적인 것처럼 다시 쓸 때, 우리는 책을 구원할 수 있고 책 또한 우리의 삶을 교정할 수 있다는 건데요…… 사실 바야르의 다른 작업이 그렇듯 이것을 정확히 어떤 실천으로 옮길 수 있을지에 대한 부분은 읽는 이의 몫으로 남겨져 있어요. 지금 제 머릿속에서도 아직 아이디어가 되지 못한 생각의 파편들이 안개처럼 피어오르고 있는데, 다만 이렇게 말할 수는 있을 것 같습니다. 책과 우리의 관계를 바꿀 수 있다면 우리가 읽고 쓰는 방식을 바꿀 수 있고, 나아가 그것은 우리의 삶과 앞으로의 사회를 바꿀 수 있을 거라고요. 그러니 우리는 머리를 맞대고 함께 시간을 들여 생각해야 한다고요.

두번째 방법은, 바야르의 방법보다 훨씬 간단한데요, 사람들에게 읽고 쓸 수 있는 여유를 주는 겁니다. 1845년 브뤼셀에 망명중이던 젊은 마르크스와 엥겔스가 포도주에 취해 신나게 떠들던 것처럼, "각 개인은 자신이 하고 싶은 대로 오늘은 이 일을, 내일은 저

일을, 즉 아침에는 사냥하고, 오후에는 낚시하고, 저녁때는 소를 몰며, 저녁 식사 후에는 비평을 하면서, 그러면서도 직업적인 사냥꾼으로도, 어부로도, 목동으로도, 비평가로도 되지 않는 일이 가능"한 사회를 만드는 거죠. 그런 사회에서는 글쓰기로 돈을 벌 수 없습니다. 원고료도 없고, 블로그를 통해 광고료를 벌 수도 없습니다.

반대로 말하면 누구나 자신이 쓰는 글의 '환금 가능성'을 생각하지 않고도 글을 쓸 수 있고, 이것은 글쓰기의 다양성을 결정적으로 증대시킬 수 있습니다. 홍보용 블로그 포스팅을 생각해보세요. 아무 도움도 되지 않는 예쁜 사진들 사이사이 아무런 정보값이 없는 문장들이 섞여 있는 그러한 형식이 '수익을 추구하는 포털'에서 '수익을 추구하는 블로그'의 표준 형식이 되어 현재 검색 결과의 대부분을 차지하고 있습니다. 돈을 벌 수 없다면 그런 식의 포스팅을 할 사람은 많지 않을 것이며, 포털 또한 그런 포스팅들이 검색 결과 상위에 오르도록 조정하지 않을 것입니다.

그건 단순한 블로그 포스팅만의 문제는 아닙니다. 전문적인 작가들은 누가 돈을 주는지에 따라 글의 톤과 논조를 미세하게 조정할 수 있는 사람들입니다.

어떤 지향의 잡지에 실리는지, 어떤 성향의 독자들이 보는지에 따라서요. 거꾸로 말하면, 자신의 책이 조금이라도 많이 팔리기를 바라는 작가라면 다수 독자들의 세계관에 작품을 맞추지 않기 어렵다는 말입니다.

저는 여기서 한때 한국 문학 비평에 유행하던 '윤리적'이라는 단어를 떠올립니다. 읽고 쓰는 행위가 요구하는 물적 조건에 의해 한국 문학의 주류 독자는 중산층이 될 수밖에 없습니다. 따라서 동시대 한국 문학의 우세종은 중산층의 취향에 맞는 작품이 될 수밖에 없겠죠. 따라서 이때 '윤리적'이라는 말은 어쩔 수 없이 어떤 시혜적인 뉘앙스를 띠게 되는데, 여기서 '윤리적'이라는 말이 가리키는 것은 고통받는 존재들을 핍진하게 묘사한 작품을 보고 감동을 받는 '나'에 다름 아니기 때문입니다. 제 생각에는, 진정으로 '윤리적'인 것은 그런 은근히 내려다보는 시선으로는 도저히 감당할 수 없는 무엇일 것입니다. 그것은, 반드시 그런 건 아니겠지만, 중산층이 아닌 누군가가 중산층의 취향을 신경쓰지 않고 쓴 작품일 가능성이 높을 거라고 생각합니다.

그렇다고 제가 사회주의혁명을 주장하는 건 아닙

니다. 저는 지금 조건 없는 기본 소득이 지급되어야 한다고 주장하고 있습니다. 사람들이 항구적인 불안에 시달리지 않고, 생계를 위해 안간힘을 쓰지 않고, 자신의 가용한 모든 시간을 돈으로 바꾸기 위해 궁리하지 않아도 되는 사회. 현재 우리 사회가 생산하는 부의 총량은 그런 사회를 가능하게 하고도 남는다고 합니다. 문제는 불평등이고, 그것을 해소할 수 있는 방법은 부의 재분배뿐입니다. 그중에서 조건 없는 기본 소득은 가장 온건하고 가능한 방식이라고 지금 저는 생각합니다. 꼭 그런 방식이 아니더라도, 어떤 종류의 조정, 새로운 분배, 불평등의 철폐 없이는 읽기와 쓰기의 미래는 어둡습니다. 다시 말해, 우리 모두의 미래가 그렇습니다.

르 코르뷔지에는 『건축을 향하여』(이관석 옮김, 동녘, 2002)에서 이렇게 조언했습니다.

> 사회는 얻을 수 있거나, 또는 얻을 수 없는 무엇인가에 대한 강렬한 욕구로 가득차 있다. 모든 것이 거기에, 투여된 노력과 이러한 심상치 않은 징후에 기울어진 주의에 달려 있다. 건축이냐 혁명이냐. 혁명은 피할 수 있다.

물론 혁명을 반드시 피하지 않아도 좋을 것입니다.

3강

한밤의 읽기

우리의 낮을

밤으로 바꾸기

몰래 읽기

얼마 전에 엘렌 식수의 『글쓰기 사다리의 세 칸』(신해경 옮김, 밤의책, 2022)을 읽었어요. 엘렌 식수는 프랑스의 영문학 교수이자 작가, 시인, 문학 평론가, 탈구조주의 철학자, 페미니즘 사상가인데요. '여성적 글쓰기' 개념을 제시한 『메두사의 웃음/출구』(박혜영 옮김, 동문선, 2004) 같은 책들이 유명하죠. 국내에도 이미 오래전에 번역되었고요. 유명세에 비해 우리나라에 많은 책이 번역되진 않았어요. 이 책 말고 카트린 클레망과 공저한 『새로 태어난 여성』(이봉지 옮김, 나남, 2008)이라는 책이 2000년대에 출간되었고, 올해 초 십수 년 만에 『글쓰기 사다리의 세 칸』이 번역 출간되었습니다.

제목처럼 글쓰기에 대한 책이에요. 그렇다고 글쓰기의 기술을 말하는 책은 아니고요, 브라질 소설가인 클라리시 리스펙토르나 오스트리아 소설가 토마스 베른하르트, 러시아의 마리나 츠베타예바와 도스토옙스키, 그리고 카프카처럼 자신이 사랑하는 작가들의 작품을 읽으며 글을 쓴다는 것이 무엇인지를 탐구하는 책입니다. 물론 읽기와 쓰기는 서로 떼려야 뗄 수 없는 관계죠. 하나가 없으면 다른 하나는 성립하지 않으니까요.

책 초반에 식수가 읽기란 무엇인지 정의하는 부분이 있어요. 읽기는 도발이다, 반란이다, 같은 낯설지 않은 이야기를 하던 식수는 불쑥 이렇게 말합니다.

읽기는 몰래 먹기입니다.

재밌는 말이죠. 그런데 이 이야기를 하기 직전에 식수는 "작가는 살인자다"라고 말하기도 합니다. 그 이유는, 작품을 쓸 때 지금 우리가 발 딛고 있는 이 세계에서 떠나 다른 세계로 가기 때문이라는 건데요. 마치 가족도 없고 연인도 없고 친구도 없는 것처럼, 그러니까 이 세상 사람들이 하나도 없는 것처럼 여기의 시간에서 저기의 시간으로, 자기가 만든 또 다른 시공간으로 가버리기 때문이라는 거죠.

글을 쓰고 나면 작가는 다시 돌아옵니다. 하지만 식수는 "그래도 그 여정 동안 우리는 살인자"라고 말해요. 물론 비유적인 표현이죠. 그리고 비유는 종종 어떤 사물이나 개념에 대해 우리가 생각지도 못했던 새로운 측면을 밝혀주기도 합니다. 아르헨티나의 독서왕 알베르토 망구엘은 『은유가 된 독자』(양병찬 옮김, 행성b, 2017)에서 비유의 힘이 '청중이 어떤 이미지를 떠올리게 하는 것'에 있다는 아리스토텔레스의 말을 인용하는데요, 식수는 '작가=살인자'라는 이미지를 통해 우리의 고정관념을 깨고 작가가 하는 일을 새로운 측면에서 바라보도록 만들어줍니다.

식수에게 읽기는 몰래 하는 은밀한 행위입니다. 물론 우리는 좀처럼 그걸 인정하지 않습니다. 책을 읽는 사람들 자신도 그렇고, 책을 권하는 사람들도 마찬가지죠. 하지만 식수에게 읽기는 통념과 전혀 다른 무엇입니다. 책을 읽는 우리는 책을 펼치는 척하면서 실은 책의 문을 열고 책 너머의 세상으로 탈주합니다. 백주 대낮에, 사람들의 눈앞에서요! 작가가 책을 쓰기 위해 다른 세상으로 가는 것처럼, 그것을 읽는 독자들 역시 여기 자기 방에 앉아 책을 읽는 척하면서 다른 세상으로 가는 것이죠.

식수는 계속해서 말합니다.

> 그 방을 떠나지 않았다면, 담을 넘지 않았다면, 읽고 있는 게 아닙니다. 거기 있는 체하고 있다면, 가족들의 시선을 속이고 있다면, 그렇다면 우리는 읽고 있는 겁니다. 우리는 먹고 있습니다. 읽기는 몰래 먹기입니다.

읽기는 금단의 열매를 먹는 것이고, 금단의 사랑을 하는 것이고, 시대를 바꾸는 것이고, 가족을 바꾸는 것이고, 운명을 바꾸는 것이고, 낮을 밤으로 바꾸는 것입니다. 읽기는 모든 것을 정확히 우리가 원하는 대로 '몰래' 하는 것입니다.

말하자면 두 가지의 읽기가 있습니다. 하나는 지금 여기에서의 읽기입니다. 교과서를 읽고, 참고서를 읽고, 자기계발서를 읽고, 주식이나 부동산 투자에 관한 책을 읽고, 육아나 요리에 관한 책을 읽고, 교양을 위해 가벼운 사회학 서적이나 대중심리학 서적을 읽고, 취미에 관한 책을 읽고…… 이것들은 우리를 바깥으로 데려가지 않고, 담을 넘도록 하지 않고 오히려 지금 이곳에 단단히 발붙이게 합니다. 이것을 '한낮의 읽기'라고 해두죠.

그렇지 않은 책, 다른 책, 그러니까 어떤 소설이나 시, 그리고 어떤 종류의 철학이나 이론처럼 우리를 어딘가 다른 곳으로 이끌어가는 책들이 있습니다. 이것이 바로 식수가 말하는 읽기죠. 저는 이걸 '가장 어두운 순간에 읽기' '한밤의 읽기'라고 부르고 싶어요. 밤에 읽어서가 아니라, 지금-여기를 '몰래' '밤으로 바꾸는' 읽기니까요.

오해하시면 안 됩니다. 저는 지금 어느 한쪽의 책/읽기가 더 낫다는 이야기를 하는 게 아닙니다. 다만 우리 사회에서 독서를 말할 때면 너무 전자만, 그러니까 한낮의 읽기만 이야기하는 건 아닌가 하는 생각이 들긴 해요. 어른들은 본인들은 책을 안 읽으면서 아이들에게는 책을 읽으라고 하죠. 그렇다면 우리 아이들에게 권하기에 "백주에 탈주하는" 그런 읽기는 너무 위험하다고 생각하는 걸까요?

문득 고등학교 때 야간 자율 학습 시간이 떠오르네요. 그때 저는 야자 시간에 책 읽기를 좋아하는 학생이었는데요, 어느 날 학생주임 선생이 책을 읽고 있는 저를 발견하고 책을 뺏어가더니 제 뺨을 때렸습니다. 책 제목이 '초전도 나이트클럽'이라서? 물론 조금 오해를 살 만한 제목이긴 한데, 생각만큼 이상한 책은 아니에요. 90년대에 무라카미 하루키와 함께 우리나라에서 제법 인기 있었던 일본의 소설가 무라카미 류의 작품이거든요. 물론 무라카미 류의 책이 여러 면에서 문제적이긴 합니다만 아무튼.

그러니까 우리에게는 그런 읽기도 필요하다는 거죠. 몰래 읽는 책. 단순히 남 보기 부끄러운 책이라서 몰래 읽는 게 아니라, 식수가 말하는 것처럼 세상으로부터 우리를 감춘다는 의미에서 몰래 읽는 책. 몰래 읽기. 전혀 자율적이지 않은 야간 자율 학습 시간에 어떤 고등학생을 지루한 교실에서 긴자 뒷골목 한 귀퉁이에 있는 작은 바 '초전도 나이트클럽'으로 데려다주는 읽기. 어린 시절, 엄마가 그만 불 끄고 자라고 하는데도 뒷이야기가 너무 궁금한 나머지 불빛이 새어나가지 않도록 이불을 뒤집어쓰고 손전등에 의지해서 읽는, 그렇게라도 읽을 수밖에 없는 읽기.

그러면서 식수는 토마스 베른하르트의 글을 소개합니다. '몽테뉴'라는 제목의 짧은 작품인데요. 몽테뉴는 우리나라에 '수상록'이라는 제목으로 소개되기도 한 『에세』라는 책을 통해, '에세이'라는 글쓰기의 장르를 발명한 사람이죠. 식수의 표현을 빌리자면 우리 모두의 '문학적 할아버지'인데요. 보통 우리가 '몽테뉴'라는 제목의 글을 보면 몽테뉴라는 인물을 다룬 글, 혹은 몽테뉴의 사상을 다룬 글, 혹은 몽테뉴에게 헌정하는 글이라고 생각하잖아요. 하지만 베른하르트의 글은 조금 다릅니다. 그는 몽테뉴에 대해 설명하기보다는 "우리를 몽테뉴적인 상태로 몰아갑니다". 잠깐 읽어보겠습니다.

가족들, 그러니까 사형 집행인들로부터 도망치기 위해, 나는 탑 한구석을 피난처로 삼아 불빛 없이, 따라서 모기들이 미친듯이 달려들게 하는 일 없이, 서재에서 몰래 꺼내 온 책을 펼쳤다. 몇 문장 읽고 보니, 친밀한 데다 실지로 일깨움을 주는 면에서 그 누구보다 가까운 나의 친척이라 할 몽테뉴의 책이었다.

법관으로 일하던 몽테뉴는 삼십칠 세의 이른 나이에 은퇴합니다. 요즘으로 치면 파이어족이죠. 그리고 가문의 성 한쪽에 있는 좁은 탑에 책과 함께 칩거합니다. 그가 이른 은퇴를 결심한 것은 소란한 세상에서 물러나서 조용히 책을 읽기 위해서였는데요, 그는 그곳에 틀어박혀 책을 읽고 '에세'라고 불리게 될 글들을 씁니다.

여기서 베른하르트가 그리고 있는 인물은 몽테뉴에서 모티브를 따온 것으로 보입니다. 가족들을 피해 탑 한구석으로 책 한 권을 들고 달아나는 누군가의 모습에서 몽테뉴를 떠올리지 않기란 불가능하죠. 그런데 재밌는 건 '나'의 손에 다름 아닌 몽테뉴의 책이 들려 있다는 거예요. '나'는 몽테뉴를 좋아하지만 몽테뉴의 책을 읽으려던 것은 아니었습니다. 어두운 서재에서 무엇을 집게 될지 모른 채 손을 뻗었는데, 때마침 '나'의 손에 몽테뉴의 책이 잡힌 것이었죠.

여기에는 이중의 도망이 있습니다. 시시각각 '나'의 주의를 요구하고 '나'를 여기에 붙들어 매는 가족들로부터 달아나 몰래 책을 들고 탑으로 향하는 하나의 도망이 있고, 그 책을 펼쳐 책의 문을 열고 담벼락을 넘어 책의 세상으로 가는 또 하나의 도망이 있는 거죠. 다시 말하면, 화자는 '읽기'라는 정신적인 도피를 하고 싶을 뿐이었는데, 가족들이 읽지 못하도록 나를 방해하는 탓에 가족들의 눈을 피해 탑을 향하여 신체적인 도피를 해야 하는 거예요.

그런데 이 가족들의 방해라는 것이 단순히 책 좀 읽으려는데 옆에서 귀찮게 방해하는 정도가 아니에요. 거기엔 "사형 집행인들"이라는 표현이 결코 과장이 아닐 정도로 근본적인 위협이 도사리고 있습니다. 베른하르트는 이어서 씁니다.

> 옛날에는 주방 설탕통에서 각설탕을 꺼낼 때 무서워 죽을 것 같았는데, 요즘에는 서재에서 책

을 꺼낼 때, 특히 어젯밤처럼 철학책일 때는 더욱, 무서워 죽을 지경이다.

처음에 사람들이 말했다. 이 물에는 독이 들었으니 마시면 안 돼. 이 물을 마시면 재앙이 오고, 이 책을 읽으면 재앙이 와. 사람들은 우리를 방해하려고 숲속으로 데려가고, 캄캄한 아이들 방에 집어넣고, 한눈에 봐도 우리를 파괴할 것이 뻔한 사람들을 소개해준다.

그리고 사람들은 읽기를 죄악이라 부르고 글쓰기는 범죄라 부른다.

그리고 그게 완전히 잘못은 아니라는 데에는 의심의 여지가 없다.

사람들은 이 '어딘가 다른 곳' 때문에 우리를 절대 용서하지 않을 것이다.(밑줄은 인용자)

주방 설탕통에서 각설탕을 꺼낼 때 무서운 이유는 무엇일까요? 걸리면 어른들한테 혼쭐이 나기 때문입니다. 여기서 우리는 화자가 아직 어린아이라는 것을 짐작할 수 있습니다. 서재에서 책을 꺼내는 일이 그만큼 혼날 일이고, 철학책인 경우에는 더더욱 그렇다고 화자는 말합니다. 사람들이 책을 금기시하는 이유는 책에는 독이 있고 재앙을 부르기 때문에, 읽기는 죄악이고 글쓰기는 범죄이기 때문입니다. 여기서 재미있는 건 저기 밑줄 친 "그게 완전히 잘못은 아니라는 데에는 의심의 여지가 없다"라는 부분입니다. 읽기와 쓰기가 얼마간 죄악이며 범죄라는 걸 책을 읽기 위해 몰래 도망치고 있는 '나'조차도 인정한다는 거죠! 읽고 쓰는 건 우리를 '어딘가 다른 곳'으로 데려가고, 사람들은 그것을 결코 용서하지 않습니다. 가족들은 두말할 것도 없고요.

결국 이것은 독서에 대한 알레고리입니다. 다음은 이 글의 결말입니다.

> 인공조명 없이 무엇을 읽기란 극도로 고통스러운 것이니, 나는 덧문까지 닫힌 곳에서 더없이 터무니없는 방식으로 '나의' 몽테뉴를 읽었다. (……) 애한테 아무 일 없어야 할 텐데. 이 문장은 몽테뉴가 한 말이 아니라 탑 밑을 돌아다니며 나를 찾는 가족들이 한 말이었다.

지금 화자는 빛이 없는 어둠 속에서 몽테뉴의 책을 읽었다고 말하고 있습니다! 정말이지 더없이 터무니

없는 방식으로 읽었다고밖에 말할 수 없는 일이죠.

과연 빛이 없는 어둠 속에서 책을 읽었다는 것은, 화자의 표현을 빌리면 "더없이 터무니없는 방식"으로 "나의" 몽테뉴를 읽었다는 것은 무슨 뜻일까요?

읽을 수 없는 상황에서 읽기

읽기나 쓰기가 그렇듯 여기에는 정답이 없습니다. 엘렌 식수도 여기에 대해서 "상상할 수조차 없는 일이지만, 그렇게 그는 완전한 어둠 속에서 몽테뉴를 읽었습니다"라고 말할 뿐 다른 말을 덧붙이진 않아요. 저 또한 여러분께 제가 생각한 내용을 말씀드리는 것뿐이고요. 제 생각에 이건 결국 쓰는 사람이, 작가가 되었다는 말 같아요. 어둠 속에서는 일반적인 방식으로 책을 읽을 수 없고, '더없이 터무니없는 방식'으로 읽어야 합니다. 다시 말해 기억을 더듬어 책의 내용을 떠올리거나 스스로 지어내며 읽어야 한다는 거죠. 그리고 그것이 작가가 하는 일입니다.

곧바로 "애한테 아무 일 없어야 할 텐데"라는 부모의 말이 이어지는데요. 아이가 사라졌으니 찾아다니는 건 당연합니다. 아무 일도 없어야 할 텐데, 다시 말해 다치거나 잘못되는 일이 없어야 할 텐데, 라며 걱정하는 것도 당연하고요. 그런데 식수를 따라 읽자면 그 말은 "그 애가 아무것도 읽지 않아야 할 텐데"라고 바꿔 읽어야 해요. 그렇잖아요? 쥐약이나 농약 같은 독극물을 보관한 창고에서 아이가 병 하나를 들고 사라졌어요. 그럼 부모들이 깜짝 놀라서 찾아 나서겠죠. 그때 "애한테 아무 일 없어야 할 텐데"라고 한다면 그건 애가 독약을 마시지 않았어야 할 텐데, 하는 뜻이잖아요. 마찬가지로 서재에서 아이가 책 하나를 들고 사라졌으니, 부모는 애가 그것을 읽지 않았어야 할 텐데, 하고 걱정하는 것이지요. 하물며 그것이 우리 모두의 문학적 할아버지인 몽테뉴라면 두말할 것도 없고요!

그런데 여기서 어떤 아이러니가 발생합니다.

생각해보세요. 여기 책을 좋아하는 아이가 있습니다.

책이 나쁘다고 생각하는 부모는 아이를 책으로부터 지키려 합니다.

부모의 보호, 부모의 금지를 피해 아이는 도망칩니다.

책을 들고 어두운 탑 속으로 숨어 들어가요.

그런데 들키지 않기 위해서는 불을 켤 수가 없습니다. 창문을 열 수도 없죠.

결국 캄캄한 곳에서 아이는 작가가 되어버립니다.

독자가 나쁘다면 작가는 그 두 배로, 어쩌면 제곱으로 나쁘겠죠?

결국 독자가 되는 걸 막으려던 부모의 노력이 아이를 작가라는 더 나쁜 존재로 만들었다고 할 수 있습니다.

그렇다면 이렇게 물어볼 수 있을 것 같아요. 왜 베른하르트의 글에 등장하는 부모는 그렇게 책을 읽지 못하도록 했을까요? 통제하기 위해서입니다. 통제라는 게 그런 거잖아요. 육체와 정신을 일정한 시간과 장소에, 지금-여기에 묶어두는 것에서 시작하는 거죠. 누군가 순간 이동 능력이 있다면 그에게 감옥이라는 게 아무 소용 없는 것처럼, 마찬가지로 책을 '몰래 먹는' 사람에게는 통제라는 것이 통하지 않으니 책을 읽지 못하게 막는 수밖에요. 독재정권에서 금서를 지정하고, 책을 태우는 분서가 일어나는 이유도 마찬가지입니다.

창세기에 등장하는 선악과 이야기도 비슷해요. 신이 아담에게 다른 건 다 먹어도 되는데 이건 먹으면 안 된다고 신신당부하잖아요. 그건 선과 악을 알게 하는 열매, 다르게 말하면 지식의 열매입니다. 마찬가지로 베른하르트의 부모는 아이에게 책을 읽지 말라고 해요. 하지만 기어이 인간은 그 열매를 먹고, 아이는 책을 읽습니다. 모든 이야기는 그렇게 시작합니다. 금기를 지킨다면, 고분고분하게 말을 잘 따른다면, 거기서는 어떤 이야기도 발생하지 않아요.

그렇게 생각하면 베른하르트의 「몽테뉴」는 단순히 읽기에 관한 알레고리가 아니라, 인류 역사를 통해 반복되어온 부모와 아이의 투쟁, 혹은 신과 인간의 투쟁에 대한 알레고리가 됩니다. 금지와 그것에 대한 거부에 대한 이야기가 되는 거죠. 결국 인간의 역사가 어떻게 흘러왔는지에 대한 하나의 이야기가 됩니다.

물론 여전히 읽기에 대한 이야기이기도 하고요. 문득 그런 농담이 생각나네요. 아이가 게임을 하지 않게 하려면 게임을 시키라는 농담이 있죠. 시간표를 짜서 매일 일정한 시간 게임을 하도록 하고, 레벨을 몇까지 올렸는지 체크하고, 중간중간 옆에서 보면서 테스트를 하기도 하고. 그럼 아이가 질려서 게임은 쳐다도 보지 않을 거라고요.

책도 마찬가지죠. 「몽테뉴」에 등장하는 부모도 책을 금지하는 대신 오히려 읽으라고 강요하고 관리했다면 오히려 아이가 책을 읽지 않게 만들 수 있었을 거예요. 굳이 상상력을 발휘할 필요도 없어요. 우리 주변만 둘러봐도, 아무리 책을 읽으라고 해도 아이들은 읽지 않잖아요? 물론 이렇게 말하는 건 조금 불공평한 일인 것 같기도 합니다. 우리 사회에서 책을 읽지 않는 건 비단 아이들뿐만이 아니니까요.

한국 사회에서 읽기(읽지 않기)

중학생 이상의 청소년/이십대/삼십대/사십대/오십대/육십대 이상, 이렇게 나눴을 때 독서율이 가장 높은 연령대와 반대로 가장 낮은 연령대는 어디일까요?

통계청에서 발표한 독서 인구 통계를 보면, 1인당 평균 독서 권수에서 유일하게 두 자릿수를 기록한 게 중고등학생들입니다. 다음으로 많은 건 삼십대고요. 그리고 육십대 이상이 가장 적습니다. 그러니까 사실 우리 사회는 부모가 자식에게 책을 읽어라 말아라 하는 그런 사회조차 아닌 것 같다는 생각이 들어요.

문화체육관광부에서 발표한 '2021년 국민 독서 실태'는 통계청 발표하고는 약간 달라요. 제가 숫자에 약해서 통계가 다른 이유를 정확하게 말할 수는 없지만, 이 결과는 좀더 충격적입니다.

2021년 기준으로 성인은 종이책, 전자책, 오디오북 모두 합해 일 년 동안 평균적으로 4.5권의 책을 읽었습니다. 학생들은 34.4권의 책을 읽었고요. 무려 7배가 넘는 차이인데요. 더욱 암울한 사실은 성인의 경우 2019년과 비교하면 이 년 동안 독서량이 무려 40퍼센트나 감소했다는 거예요. 같은 기간 동안 학생은 16퍼센트가 줄었고요. 이런 차이도 무척 큽니다.

이 조사에 첨부된 1994년부터 2021년 동안의 독

서율, 여기서 '독서율'은 일 년 동안 책을 한 권이라도 읽은 사람을 뜻하는데요, 변화 추이 그래프도 아주 드라마틱합니다. 학생들의 경우에는 비교적 일정해요. 결과적으로 보면 1994년에 97.6퍼센트였던 것이 2021년에 87.4퍼센트로, 전자책과 오디오북과 웹소설을 포함하면 91.4퍼센트로 떨어졌지만 계속 떨어지는 추세가 아니라 소소하게 오르락내리락하는 모습을 볼 수 있어요.

반면 어른들의 경우에는 1994년에 86.8퍼센트였던 것이 시간이 흐르며 조금씩 떨어지다가 2010년대 중반 이후로 급격하게 떨어집니다. 2015년에 65.3퍼센트, 2017년에 59.9퍼센트, 2019년에 52.1퍼센트…… 거의 폭락이라고 표현할 수 있을 정도예요. 주식이 이렇게 떨어졌으면 아마 난리가 났을 거예요. 그러다 2021년이 되면 아예 50퍼센트 밑으로 떨어지는데요, 종이책만 치면 40.7퍼센트 그리고 전자책과 오디오북과 웹소설을 포함해도 47.5퍼센트에 불과합니다. 일 년 동안 단 한 권의 책도 읽지 않은 성인이 한 권이라도 읽은 사람보다 더 많다는 거예요. 흔히 대중적인 독서와 마니악한 독서를 구분하는데, 이대로라면 독서 자체가 마니악한 행위가 될 날도 머지않은 거죠.

오늘 강연을 준비하면서 이것저것 찾아보다가 이 통계를 접하게 되었는데요, 여러 가지 생각이 들더라고요. 물론 저는 독서 문화에 대한 전문가가 아니에요. 사람들이 책을 덜 읽는 게 반드시 나쁜 일이라고 생각하지도 않습니다. 다만 한 사람의 작가로서 이것은 제게 나쁜 소식이죠. 조만간 다른 일자리를 찾아봐야 할 수도 있다는 뜻이니까요.

왜 이런 일이 벌어진 걸까요? 해당 조사에는 '독서 장애 요인'이라는 항목이 있는데요. 사람들에게 왜 책을 못 읽냐고 물어봤을 때 나온 대답을 조사한 거예요. 사람들은 크게 두 가지 원인을 꼽았는데요. '책 이외의 매체/콘텐츠', 그러니까 '스마트폰/텔레비전/인터넷/게임 등'을 하느라 책을 읽을 시간이 없다는 대답이 가장 많았고, 성인은 '일 때문에' 학생은 '교과 공부 때문'에 시간이 없다는 대답이 뒤를 이었습니다.

한마디로, 뭐가 너무 많은 거죠. 해야 할 것도 많고 보고 즐겨야 할 것도 많고. 저는 이것이 21세기 한국 사회를 살아가는 사람들의 현실이라고 생각해요. 저도 마찬가지입니다. 물론 제 직업의 절반은 책을 읽는 거라서 사정이 조금 다를 수는 있지만, 저 역시 날이 갈수록 일이 아닌 책을 읽기가 점점 더 어려워지고 있으니까요.

하지만 간과해서는 안 되는 사실이 하나 있습니다. '독서 장애 요인'에 대한 성인과 학생의 답변은 엇비슷했지만, 실질적인 독서율의 하락은 큰 차이가 있다는 점인데요.

이유가 뭘까요? 치열한 경쟁 사회에서 살아가느라 성인들의 여유 시간이 더 줄어들었다면, 날이 갈수록 치열해지는 입시 경쟁을 치르느라 학생들의 여유 시간 또한 더 줄어들었을 텐데요. 어른들이 즐길 콘텐츠가 많아졌다면 학생들이 즐길 콘텐츠도 많아졌을 테고요.

얼마 전 이런 뉴스를 보았습니다. "지금까지 한국 경제 성공의 핵심 요소였던 교육 시스템이 이제는 한국의 발전을 가로막는 가장 큰 장애물이 되고 있다고 블룸버그 통신이 13일(현지 시간) 보도했다"(뉴스1, 2022.11.14.)라는 리드로 시작하는 기사였는데요. 그동안 한국의 교육 시스템이 '소품종 대량생산' 시스템에 부합하는 인재들을 배출하며 경제적 성공을 가져왔다면, 현대 경제는 '다품종 소량생산' 체제로 변하고 있다는 내용입니다.

한국 사회의 교육 시스템은 일종의 등급제죠. 내신 등급을 매기고, 수능 등급을 매기고, 그걸 토대로 각자의 등급에 맞는 대학에 진학하고, 대학에서는 또 성적에 따라 등급을 매기고, 그렇게 나뉜 등급을 가지고 다시 각자의 등급에 맞는 회사에 취업하고. 어쩌다 자기보다 낮은 등급의 사람이 자기보다 높은 자리에 오르기라도 하면 공정하지 않다고 주장하고. 이것이 현재 한국 사회의 모습입니다. 소품종 대량생산이라는 말이 의미하는 것이기도 하고요.

이는 각각의 세대가 모두 같은 목표를 두고 경쟁하게 되는 결과를 낳습니다. 십대라면 내신과 수능에, 이십대라면 취업에, 삼십대라면 이직과 연봉에…… 결국 이 모든 것의 시작에 대학 입시가 있는 거죠. 교육열은 점점 가열되고 사회적인 비용이 증가하며 더 많은 학생들이 더 큰 절망으로 내몰립니다. 갈수록 증가하는 청소년 자살률이 단적인 증거죠. OECD 회원국 평균을 훨씬 웃도는 수치인데요. 공평하게 말하자면 청소년 자살률만 OECD 평균을 웃도는 건 아닙니다.

이십대부터 가파르게 치솟는 자살률은 삼십대부

터는 팔십세 이상까지 전 연령대를 아울러 OECD 회원국 중 부동의 일위를 차지하고 있습니다. 실제로 한국은 무려 이십 년 동안 일위 자리를 지키고 있는데요. 자극적으로 말하자면 양궁, 쇼트트랙, 그리고 자살인 거죠. BTS를 비롯한 K-POP과 〈오징어 게임〉과 〈기생충〉 등으로 전 세계를 휩쓸고 있는 K-컬처 열풍 이면에 있는 씁쓸한 현실이기도 하고요.

그나마 다행스러운 소식은 보건복지부에서 발표한 '2022년 자살 예방 백서'에 따르면 2019년에 비해 2020년에는 전체적인 자살률이 4.4퍼센트 감소했다는 사실입니다. 예전부터 국가적 재난이나 위기 시에는 자살이 줄어드는 경향이 있다고 해요. 그런데 같은 기간 동안 청소년의 자살률은 9퍼센트나 증가했다고 하는데요, 너무 안타까운 일이죠.

문제는 자살률만이 아닙니다. 앞서 언급한 기사에서는 "공부에 너무 지친 나머지 대학 졸업 이후 학습을 중단함에 따라 성인층의 인지 능력 저하"라고 짧게 언급하고 있는데, 지쳤다는 건 너무 순화한 표현인 것 같아요. 질려버렸다, 혹은 학을 뗐다는 쪽에 더 가깝겠죠. 생각하면 너무 당연한 일입니다. 대학만 가면 그다음부터는 마음대로 하면 된다고 해서 꾹 참고 공부했으니, 그다음부터는 공부고 뭐고 다 지긋지긋하지 않겠어요? 물론 그렇다고 공부를 안 할 수는 없습니다. 취업과 관련된 공부를 해야 하죠. 입시 전쟁에 이은 취업 전쟁은 아직 끝나지 않았으니까. 아니면 주식이나 코인이나 부동산 공부를 하거나요.

한마디로, 한국 사회는 여유가 없는 사회입니다. 다른 말로 하면 행복도가 낮은 사회이기도 하고요. 학창 시절부터 치열한 경쟁에 내몰리고, 늘 바쁜데다가, 심지어 한 번이라도 실패하면 끝이라는 생각이 머리에 박혀 있죠. 그래서 한가하게 책이나 읽고 있을 시간이 없는 것이기도 하고요. 물리적인 시간도 그렇지만 무엇보다 책 읽기에 시간을 쓸 마음의 여유가 없습니다. 그러니 불닭볶음면처럼 짧은 시간에 나를 자극해서 스트레스를 날려주는, 혹은 사이다처럼 타는 갈증을 즉각적으로 시원하게 씻어주는 그런 콘텐츠를 찾을 수밖에요.

여기에는 일종의 악순환이 있습니다.

사람들은 여유가 없기 때문에 책을 읽지 않습니다.

대신 즉각적이고 자극적인 콘텐츠에 가용 시간을 쏟아붓죠.

그런데 사람들이 가용 시간을 즉각적이고 자극적

인 콘텐츠에 쏟아붓는 사회는 점점 더 여유가 없어질 수밖에 없습니다.

하루치의 일을 모두 끝낸 늦은 밤, 책을 읽거나 다른 무언가를 할 기운은 없지만 그냥 자고 싶지는 않을 때 우리는 트위터를 보고 넷플릭스를 보고 쇼츠를 보고 틱톡을 봅니다. 시간이 가는 줄도 모르고 작은 스마트폰을 들여다보다가, 어느 순간 시간을 확인하고 비명을 지른 다음 서둘러 잠자리에 듭니다. 아마도 내일은 더 피곤할 테고, 스마트폰 말고 다른 걸 볼 기력은 더욱 없겠죠.

개인의 입장에서 보면 이건 평범한 하루입니다. 바쁜 현대인의 일상이라고 말할 수도 있고, 늘 쫓기듯 살아가는 대다수 우리의 슬픈 초상이라고 말할 수도 있습니다. 그런데 이걸 사회의 차원에서 생각한다면 어떨까요? 구성원 대다수가 피로한 사회, 스마트폰 말고 다른 것을 들여다볼 여력이 없는 사회는 건강한 사회일까요?

아마 아니겠죠. 잠깐 멈춰 서서 지금 우리가 어디로 가고 있는지, 무엇이 잘못되었는지, 어떻게 바로잡을 수 있을지 생각할 수 있는 시간이 없다면 사회는 쳇바퀴 돌아가듯 관성에 의해서만 굴러갈 것입니다. 그리고 그건 현상 유지조차 아니죠. 기존의 소외되었던 목소리를 듣기는커녕, 계속해서 쳇바퀴에서 굴러떨어지는 사람들이 생겨날 테니까요. 한마디로, 사회는 점점 더 나빠질 거라는 말입니다. 물론 이건 단순한 비유에 지나지 않습니다. 그리 정확하다고도 할 수 없겠네요. 실제로 사회는 많은 면에서 나아지고 있습니다. 그렇지만 대다수의 평범한 사람들의 노동 환경은 어떤가요? 그만큼 나아졌을까요?

비교적 멀지 않은 과거를 생각해보죠. 18세기 중반에서 19세기 초반, 산업혁명이 일어나고 자본주의로의 변환이 일어나던 시기입니다. 이때 영국의 노동자들은 매일 12시간에서 16시간씩 일을 했다고 합니다. 주당 84시간에서 112시간이죠. 그러곤 하루 일을 마치고 피로를 잊기 위해 술을 마십니다. 다른 취미생활을 즐길 여력은 없고, 스트레스를 풀기 위해서는 뭐라도 해야 하니까요. 그렇게 술에 취한 채로 잠들고 다음날 다시 일어나 일을 하러 가는 거죠.

지금 우리는 어떤가요? 일단은 그때의 절반 수준인 주당 40시간에 연장 근무 12시간을 더해서 주52시간 근무제를 채택하고 있습니다. 그렇지만 현행 주52시간 근무제가 얼마나 잘 지켜지고 있는지는 사실

의문이에요. 일단 일이 너무 많습니다. 제 주변만 봐도 퇴근 카드 찍고 계속 일을 하거나 집으로 일감을 싸들고 오거나 아예 휴가를 내고 출근해서 일을 하기도 하더라고요. 시스템에 52시간 이상으로 잡히지 않아야 하니까요. 아니면 52시간 안에 주어진 일을 해치우느라 엄청난 업무 강도로 스스로를 하얗게 태워버리기도 하고요. 심지어 언제부턴가 'N잡러'라는 말이 유행하면서, 부업을 넘어 서너 개의 직업을 갖는 현상까지 생겼어요. 저는 그걸 대하는 사회의 태도가 마음에 들지 않았는데요, 하나의 직업만으로는 안정적인 생계를 꾸릴 수 없는 현실에 대한 고민 없이 그것을 개인의 선택으로 또 '노오오오력'으로 포장하는 게 꼴보기 싫더라고요. 그분들이 실제로 존경할 만한 노력을 하고 계신 거하고는 별개로요.

따라서 그 시절과 비교해 여가 시간이 현저하게 늘어났는가? 하면 그건 잘 모르겠어요. 물론 노동의 강도를 비교하자면 육체적으로는 훨씬 편해졌겠지만 정신적으로는 어떤가 생각하면 글쎄요, 이것도 잘 모르겠네요.

제가 지금 과장하고 있나요? 그럴지도요. 산업혁명 당시의 노동자들과 지금의 직장인들을 일대일로 비교하는 건 사실 불가능하죠. 우리를 둘러싼 사회적 인 환경, 안전함이나 안락함, 인권, 여가 시간을 통해 추구할 수 있는 오락이 주는 쾌락의 크기 등 한마디로 객관적인 삶의 질은 비교할 수도 없이 나아졌습니다. 그런데 개인이 자신의 삶에 대해 느끼는 만족감이나 행복도, 일이 아닌 다른 것을 생각하고 즐길 수 있는 여유, 나아가 스스로 자신의 삶을 통제하고 원하는 방향으로 살아나갈 수 있는 주체성의 측면에서 보면 어떨까요? 우리는 과연 그만큼 나아진 삶을 살고 있을까요?

너무 무거운 이야기를 해버렸네요. 오늘의 주제로 다시 돌아가죠. 책을 읽지 않아도 괜찮습니다. 저는 책이 좋은 거니까 읽어야 한다, 그런 이야기를 하고 싶지는 않아요. 그건 너무 뻔한 말이니까요. 따라서 뻔뻔한 말이기도 해요. 건강하고 싶으면 일찍 자고 일찍 일어나고 술 담배 하지 말고 과식하지 말고 골고루 먹고 운동하라는 말이랑 똑같잖아요. 틀림없는 사실이지만, 그럴 수 없는 사회적 조건들을 무시한 채 단순히 그렇게 말하는 건 무책임한 일이니까요. 하지만 분명하게 말할 수 있는 건, 사람들에게 책을 읽을 여유를 주지 않는 사회는 잘못된 사회이고 불행한 사회라는 사실입니다. 저는 그게 지금 한국 사회라고 생각합니다.

그만 읽기

일만 하고 쉬지 못하면 사람이 얼마나 피폐해지는지 보여주는 소설이 있습니다. 20세기 초반 미국에서 커다란 인기를 모았던 잭 런던의 『마틴 에덴』(오수연 옮김, 녹색광선, 2022)이라는 소설인데요. 마틴 에덴은 가난한 집안에서 태어나 일찌감치, 우리나라로 치면 초등학교만 졸업하고 노동 현장에 뛰어들어야 했던 젊은 선원입니다. 마치 잭 런던 자신이 그랬던 것처럼요. 어느 날 마틴은 우연히 부두에서 불량배들에게 당하고 있던 도련님을 구해주고 답례로 저녁 식사에 초대받습니다. 거기서 마틴은 도련님의 누나를 만나는데요, 루스라는 이름의 영문학을 전공하는 연상의 여인입니다. 둘 사이에는 좁히기 힘든 계급 차이가 있습니다. 하지만 마틴은 첫눈에 반하고 맙니다. 말하자면 금지된 사랑인데요, 아까도 말했듯 모든 이야기는 금지된 것을 위반하면서, 혹은 욕망하면서 시작하게 됩니다. 『마틴 에덴』도 그렇죠.

그날 마틴이 욕망하게 된 건 그녀만이 아닙니다. 마틴은 자신의 환경과 너무나도 다른 그들의 삶에 압도당합니다. 아름다운 촛대와 정갈한 식기가 차려진 긴 식탁과 식사 매너와 나누는 대화의 내용 같은 것들에, 무엇보다 루스가 자리에서 일어나며 어머니와

볼을 살짝 맞대는 모습에 마틴은 경악합니다. 세상에 이런 아름다움이, 부드러움이, 교양이 있다니. 나도 이런 삶을 살고 싶다. 교양의 세계로 가고 싶다. 어쩌면 루스에 대한 사랑은 이러한 더 큰 욕망의 일부분인지도 모르겠네요.

그날부터 마틴은 엄청난 속도로 책을 읽어나갑니다. 그리고 루스의 집을 정기적으로 드나들며 그녀의 연인이 됩니다.

그러던 어느 날, 평소처럼 책을 읽던 마틴은 자신 안에 글쓰기를 향한 어떤 불꽃이, 작가가 되기만을 기다리고 있는 어떤 씨앗이 있다는 사실을 깨달아요. 그는 반짝이는 돌을 발견한 어린아이 같은 부푼 마음으로 사랑하는 여인에게 달려가 작가가 될 거라고 선언합니다.

그런데 예상과 달리 루스의 반응은 조금 떨떠름합니다. 독자들은 루스의 마음을 이해할 수 있습니다. 이 남자가 당장 제대로 된 일자리를 구해서 가정을 꾸릴 능력이 있다는 사실을 부모님께 증명해야 하는 상황에서 뜬금없이 작가가 되겠다고 하니 달가울 리 없는 거죠. 지금 눈앞에 있는 현실에 집중해도 모자랄 판에 다른 세상으로 가버리겠다니 속이 터지는 거고요.

식수와 베른하르트의 이야기를 다시 한번 떠올려 보세요. 루스 입장에서는 지금 사랑하는 남자가 자기 앞에서 '범죄자'가 되겠다고 선언한 거나 다름없어요. 그런 그를 말리기 위해 루스는 성공한 사람들, 그러니까 점원으로 시작해서 잘나가는 회계사가 된 사람, "한눈에 봐도 우리를 파괴할 것이 뻔한 사람들을 소개해"주기도 합니다. 하지만 그건 나중 일이고요, 일단은 부드러운 말로 마틴을 설득하려고 합니다.

그 세계에 관하여 잘은 모르지만 아마 작가도 다른 직업과 똑같을 거라고, 갖춰야 할 요건이 있을 거라고 루스가 말하자 마틴이 눈을 동그랗게 뜨고 내 결정에 반대하냐고 묻습니다. 아니라고, 열정에 눈이 멀어 그 직업이 가진 위험을 미처 못 볼까봐 그런 거라는 루스에게 마틴이 재차 묻습니다.

— 하나만 확실히 답해줘요. 내가 재능이 있어도 안 될 것 같아요?

그러자 루스가 말합니다.

— 아무리 재능이 있어도 수련 과정 없이 일을 배울 수는 없어요.

— 당신 조언은 뭔데요?

마틴이 다시 묻고, 마침내 루스가 노골적으로 말합니다.

— 학업부터 마쳐요, 에덴 씨. 작가가 안 돼도 그건 필요해요.

루스의 지적은 틀리지 않습니다. 노래를 할 수 있다고 누구나 가수가 될 수 있는 건 아닌 것처럼, 글을 쓸 수 있다고 누구나 작가가 될 수 있는 건 아니니까요. 그에 맞는 수련과 노력이 필요하고요.

그러면서 루스는 학업을 마치라고 말합니다. 이건 약간 교묘한 제안인데요. 마틴은 지금 작가가 되겠다고, 다시 말해 '한밤의 읽기'를 하겠다고 말하고 있습니다. 그런데 루스는 그에게 '한낮의 읽기'를 권하는 거예요. 지금 여기에 발을 붙인 실용과 교양으로서의 읽기를요. 물론 이번에도 그녀는 틀리지 않았습니다. 작가가 되지 않더라도 반듯한 직업을 갖고 삶을 살아가려면 그런 읽기가 도움이 될 테니까요.

마틴은 연인의 말을 따라 교문을 두드립니다. 고등학교에 가서 교장과 상담을 하는데, 그곳에서는 마틴에게 초등학교 과정부터 다시 하라고 해요. 그동안 마틴이 읽은 모든 책은 '몰래 읽기'였고, 한낮의 학교에 그것은 전혀 필요하지 않은 거죠. 마틴은 학교를 포기하고 더욱 본격적으로 '한밤의 읽기'에 돌입합니다. 자는 시간까지 줄여가며 철학과 과학에 대한 당대의 최신 서적들을 섭렵한 마틴은 어느 순간 동년배의 다른 대학생들보다, 심지어 루스보다 더 방대한 정신의 세계를 갖게 됩니다.

계속해서 작가가 되려는 마틴의 눈물겨운 노력이 이어집니다. 원고를 써서 돈을 벌겠다는 희망을 가지고 아무도 청탁하지 않은 글을 써서 잡지사에 보내고 그것이 반송되어 돌아오는 일이 한동안 반복됩니다. 시간이 흐르며 몇몇 잡지가 그의 글을 싣기도 하는데 원고료는 생각과 달리 쥐꼬리만하고 그나마도 제때 주지 않기 일쑤였죠.

여담이지만 저는 이 부분을 읽으면서 눈물을 흘렸습니다. 공감의 눈물을요.

시간은 속절없이 흐르고, 제대로 된 직업을 찾으라는 루스의 압박은 점점 더 거세집니다. 선원으로 일하며 모아뒀던 돈도 생활비와 우푯값으로 모두 써버린 상황에서도 마틴은 가게에 외상을 지고 이웃에 돈을 빌리고 가끔 단기 알바 같은 걸 하면서 꿋꿋이 버팁니다. 초인적인 의지로 읽기와 쓰기와 사랑하기를 모두 멈추지 않으면서요.

그렇지만 돈이 다 떨어진 여름이 찾아옵니다. 이제 더는 외상도 할 수 없는 상황에서 우연히 조라는 사람을 만나게 됩니다. 작은 호텔에 딸린 세탁소에서 일하는 조는 같이 일할 사람을 찾고 있는데 마침 마틴을 만나게 된 거죠. 그때부터 지옥같이 뜨거운 지하에 처박혀서 매일 14시간 동안 옷을 빨고 풀 먹이고 다림질하는 생활이 시작됩니다. 그런 상황에서도 마틴은 5시간만 자면서 악착같이 책을 읽습니다. 그러던 어느 날, 책을 읽던 마틴은 감기는 눈을 이기지 못하고 잠이 들고 맙니다. 그리고 그날 이후로 아무것도 읽지 않게 됩니다. 잭 런던은 이렇게 써요.

> 그 밤 마틴은 책을 읽지 않았다. 한 주 동안 신문도 전혀 보지 않았는데, 그닥지 않게 보고 싶은 욕구조차 들지 않았다. 그는 뉴스에 관심이 없었다. 무엇에 관심을 가지기엔 너무 지치고 몰려 있었다.
>
> 그는 끊임없이 머리와 손을 움직이는, 지능을 가진 기계가 되었고, 그라는 사람을 이루는 전부가 그 지능을 제공하는 데 바쳐졌다. 그의 머릿속에는 우주라든가 그런 대단한 문제들이 있

을 여지가 없었다. 정신의 널찍한 복도들은 차단되어 완전히 폐쇄되었다.

잭 런던 본인이 직접 비슷한 경험을 해서일까요? 로맨스 부분은 가끔 좀 낯간지러울 때도 있고 오늘날의 시점에서 유치하게 느껴질 때도 있는데, 일하는 마틴을 묘사하는 부분은 너무나 생생하고 때때로 압도적으로 느껴지기까지 합니다.

바다에서 일할 때는 휴식 시간이 아니어도 언제나 자신과 교감할 수 있는 빈 짬이 있었다. 배를 통제하는 선장이 마틴의 시간도 통제했다. 그러나 여기에서는 시간만이 아니었다. 호텔 매니저는 마틴의 생각마저 통제하는 주인이었다. 마틴은 신경을 너덜거리게 하고 몸을 망치는 격무 외에는 어떤 생각도 하지 않았다. 그 밖의 것을 생각하기란 불가능했다. 그는 자기가 루스를 사랑한다는 것을 느끼지 못했다. 그녀는 존재하지조차 않았는데, 그의 혹사당한 영혼이 그녀를 기억할 시간이 없기 때문이었다. 다만 밤에 침대로 기어들어갈 때, 또는 아침에 기어나와 식사를 하러 갈 때, 스쳐가는 기억 속에 그녀가 얼핏 모습을 드러낼 뿐이었다.

노동이 모든 것을 빨아들입니다. 읽기, 쓰기, 그리고 루스에 대한 사랑까지도요. 끊임없는 일 속에서 갈리고 소모되며 마틴은 조금씩 무감각해집니다. 조와 마틴은 평일이면 미친듯이 일하고 쓰러져 잠들기 바빴고, 주말이면 마을로 내려가 그 주에 번 대부분의 돈을 술값으로 날려버리는 생활을 반복하게 됩니다. 술에 취한 조가 마틴에게 말합니다.

"우리 이 짓 그만두자." 조는 제안했다. "집어치우고 떠돌며 살자고. 시도해본 적은 없지만 어려울 리가 없어. 아무것도 할 일이 없을 테니까. 생각해봐, 할 일이 아무것도 없다고. 내가 한번 아파봤는데, 장티푸스에 걸려서 병원에 있었단 말이야. 아주 좋았어. 다시 아팠으면 좋겠어."

하지만 월요일 새벽이면 지독한 숙취와 함께 다시금 일을 하러 가야 하는 거죠. 저는 여기서 또 한번 눈물을 흘렸는데요, 지금도 눈물이 날 것 같네요. 그냥 코로나라도 걸려서 쉬었으면 좋겠다는 생각 한번쯤 해보신 적 없나요? 저는 종종 하거든요. 실은 자주…… 물론 저는 비교적 자유롭다고들 생각하는 프리랜서이긴 하지만, 프리랜서야말로 자기 착취가 없다면 성립할 수 없는 일이에요. 여기에도 일종의 역설이 있습니다. 자기 착취를 하지 않으면 먹고살 수가 없는데, 자기 착취를 하다보면 살 수가 없는 거죠.

어느 주말, 여느 때와 마찬가지로 술을 마시던 마틴에게 잠깐 정신이 돌아옵니다. 마틴은 더는 이렇게 살 수 없다고 생각하고 조에게 일을 그만두겠다고 말합니다. 조도 마틴을 따라 일을 그만두지요. 그리고 마틴은 다시 읽기와 쓰기의 세계로 돌아갑니다. 과연 마틴 앞에는 어떤 앞날이 기다리고 있을까요? 이어지는 이야기는 직접 읽어보시길 권합니다. 재밌어요.

그렇다면 우리는 어떻게 해야 할까요? 마틴 에덴처럼 우리를 갉아먹는 각자의 세탁소를 그만두고 읽기의 세계로 다시 돌아가야 할까요? 아니요, 아닙니다. 그럴 수 있는 사람은 많지 않고, 설령 그렇게 할 수 있다고 해도 그게 해답은 아니라고 저는 생각합니다.

물론 저도 답은 없어요. 제가 그걸 알았다면 지금과는 다른 삶을 살고 있겠죠. 다만 비슷한 상황에서 어떤 사람들이 했던 노력에 대해서는 조금 알고 있는데요, 그건 그런 이들이 했던 노력을 기록한 책을 제가 읽었기 때문입니다. 정확히 말하면 읽다가 말았다고 해야겠지만요……

한밤의 읽기

프랑스의 철학자 자크 랑시에르가 쓴 『프롤레타리아의 밤』(안준범 옮김, 문학동네, 2021)이라는 책이 있습니다. 페이지는 620쪽이네요.

이 년 전에 출간되었는데, 계속해서 쏟아지는 일들을 처리하느라 아직 이 책을 끝까지 읽을 여력을 내지는 못했습니다. 『무지한 스승』을 제외한 랑시에르의 다른 글들처럼 읽기가 쉽지 않은 책이기도 하고요.

랑시에르가 문서고에 틀어박혀 1800년대 초중반 프랑스 노동자들이 쓴 일기, 편지, 시, 신문 기사 등을 읽으며 쓴 책이에요. 그렇다고 한때 유행했던 미시사나 일상사, 혹은 노동자들의 문화사나 사회사 같은 건 아니고요. '노동자'라는 말로 쉽게 퉁칠 수 없는 다양하고 모순적인 목소리들과 작은 이야기들을 감각적 경험이라는 측면에서 드러내는 책이라고 할까요? 랑시에르의 말을 직접 인용하는 게 낫겠네요.

> 『프롤레타리아의 밤』엔 그 어떤 개념화도 존재하지 않는다. 거기엔 오직 시학만이 작동하고 있을 뿐이다. 그 시학은 그 새로운 말과 가시성의 경험을 지각할 수 있도록 하기 위해, 그것을 사회제도와 흔히 일컫는 의식의 표현이나 형태

들 사이의 연관들로부터 떼어내기 위해, 특정한 감각기관sensorium, 특수한 공간과 시간의 틀을 짜고자 한다. 돌이켜보면 나는, 플로베르에서 버지니아 울프에 이르는 소설가들이 삶과 연애담을 위해 했던 것처럼, 사회적인 사안들을 재현(대표)의 플롯, 원인과 결과의 재현적 연관으로부터 떼어내 그것을 미학적 플롯, 지각과 강도 및 속도의 변이체들의 사안으로 재주조하는 일을 하려 했던 듯싶다.(Jacques Rancière, "*From Politics to Aesthetics*?", Paragraph 28, No. 1, 2005, p. 14.; 서동진, 「아카이브의 시학—역사 없는 시대의 아카이브」, 『문학과사회』 2021년 여름호에서 재인용)

책이 다루고 있는 1830년에서 1848년에 이르는 시기는 장인 노동자들이 쇠퇴하고 산업 노동자들이 대두하던 시기이자, 서동진 선생님의 말에 따르면 "노동자 운동이 본격적으로 형성되는 시기"라고 할 수 있습니다. 산업혁명으로 인해 그전까지는 존재하지 않았던 노동자 계급이라는 것이 서서히 만들어지기 시작할 무렵이라는 거죠. 따라서 당시 노동자들은 노동권이라는 개념조차 없는 열악한 노동 환경 속에서 하루에 12시간 넘게 강도 높은 노동을 하는 동시에 노동자 계급에 대한 이미지를 의식적으로나 무의식적으로 스스로 만들어나가야 했던 거예요.

오늘 제가 이 책을 떠올린 건 바로 제목의 이 '밤'이라는 단어 때문이에요. 노동자들, 누군가에게 고용되어 일하는 대부분의 사람들에게 낮은 일을 해야 하는 시간이죠. 물론 밤에 일하시는 분들도 있지만요. 그렇다면 낮에 일하는 사람들에게 밤은 자유의 시간일까요? 그랬으면 좋겠지만 꼭 그렇다고는 할 수 없을 것 같습니다. 밤은 내일도 원활한 노동을 할 수 있도록 노동자 스스로의 신체를 정비하고 쉬게 해야 하는 시간이기 때문입니다.

회사에 다니던 시절 저는 지각 대장이었어요. 밤에 그렇게 자기가 싫더라고요. 그냥 자면 아무것도 하지 않고 하루를 날려버린 것 같은 생각이 들어서 새벽까지 꾸역꾸역 책을 읽고, 글을 끄적이고, 음악을 듣고, 영화를 보는 거죠. 잠이 부족하니까 늦잠을 자고, 회사에 가서 피곤한 상태로 꾸역꾸역 일을 하고, 그리고 돌아오면 또 잠을 쫓아가며 두세시까지 이것저것 하고, 다시 지각을 하고, 피곤하고, 근데 잠은 안 자고…… 악순환이 반복됐던 거죠. 이렇게 말하고 보니 지금도 크게 다른 것 같진 않네요.

이제 와 생각하면 일종의 무의식적인 반항이었다고 할 수 있을 것 같아요. 내일의 노동을 위해 휴식해야 하는 시간을 쪼개 그 노동과는 상관없는, 내가 정말 나의 것이라고 생각하는 일들에 배치하는 거니까요. 서문에서 랑시에르는 이렇게 말합니다.

> 이 책의 주제는 우선, 노동과 휴식의 정상적 연쇄에서 떨어져나온 이 밤들의 역사다. 불가능한 것이 준비되고 꿈꿔지고 이미 체험되는, 말하자면, 정상적 사태 진행이 감지되기 어렵고 공격적이지 않게 중단되는 밤. 육체노동에 종사하는 이들을 사유의 특전을 누려온 이들에게 종속시키는 전래의 위계를 유예시키는 밤. 공부의 밤, 도취의 밤. 사도들의 말, 또는 인민의 교육자들의 가르침을 이해하기 위해, 배우고 꿈꾸고 토론하고 글을 쓰기 위해 연장된 버거운 나날들. 일출을 맞이하러 다 함께 들판으로 나가기로 예정된 일요일 아침들.

랑시에르는 「정치에서 미학으로?*From Politics to Aesthetics?*」라는 글에서 이런 말을 했다고 해요.

> 노동자들은 자신들이 '점유'한 시공간을 새롭게 틀짜기 위해 가장 흔한 시간의 분할—그 분할에 따르면 노동자들은 낮에 일하고 밤에는 잠을 자야 한다—을 무효화해야만 했다. 그리고 그 새로운 틀짜기는 잠을 자지 않고 다른 무엇을 하고자 밤을 정복하는 것이었다. 그러한 기본적인 전복은 경험의 분할을 전체적으로 재편하는 것이었다. 그것은 탈동일시의 과정이자, 말과 가시성 등과의 새로운 관계 맺기였다.(서동진, 앞의 책)

밤은 어둡고 피곤한 시간입니다. 충분한 조명과 체력과 의지와 여유가 없다면 책을 읽기 쉽지 않은 시간이죠. 그리고 때때로 그 시간은 마틴 에덴이 그랬던 것처럼 정말 아무것도 생각할 수 없는, 너무 어둡고 어두워서 아무것도 보이지 않는 캄캄한 시간이기도 할 것입니다. 그리고 그것이 비단 마틴 개인의 불행이 아니라는 사실을 우리 모두 경험으로 알고 있습니다.

오늘 강연을 통해서 제가 하고 싶었던 말은 아마 그런 시간에 대한 것이었던 것 같아요. 정리하겠습니다.

우리에게 '읽기'가 필요한가요? 누군가 제게 묻는다면 저는 고개를 갸웃할 것 같습니다. 글쎄요, 읽고 싶으면 읽고 안 읽고 싶으면 안 읽는 거죠.

그런데 우리에게 랑시에르가 말하는 것과 같은 '밤의 읽기'가 필요한가요? 혹은 식수의 표현처럼 '백주의 대낮에 탈주하는 읽기'가 필요한가요? 누가 그렇게 묻는다면 저는 주저하지 않고 그렇다고 말할 것입니다.

우리는 우리에게 주어진 것이 전부라는 사실을 받아들여야 합니다. 우리에게는 매일 24시간이 주어졌고, 우리가 다른 삶을 살고 싶다면 그 24시간을 재배치하는 방식으로 스스로 그것을 살아내야 합니다. 얼마 있지 않은 달콤한 밤의 시간을 쪼개고 희생해서 자기가 중요하고 또 필요하다고 생각하는 일을 해야 하는 거죠. 저는 그중 하나가 한밤의 읽기라는 말씀을 드리는 거고요.

다른 한편 우리는, 우리에게 주어진 것이 전부가

아니라는 사실을 받아들여야 합니다. 우리 앞에 보이는 세상이 아무리 어둡고 절망적이라고 느껴져도 그것이 전부는 아닙니다. 다른 세상은 가능합니다. 그것을 알기 위해서, 그리고 그것을 눈앞에 보이는 가능한 현실로 만들기 위해서 필요한 것 중 하나가 바로 한밤의 읽기입니다.

4강

계속 읽기

아침저녁으로
읽기

필요한 질문들

오늘 저는 '계속 읽기'에 대해 이야기하려고 해요. 다들 아시겠지만 '계속하다'라는 단어에는 두 가지 뜻이 있죠.

첫번째 뜻은, 끊지 않고 이어나가다.

두번째 뜻은, 끊었던 행위나 상태를 다시 이어나가다.

혹시 기억하실지 모르겠지만, 예전에는 출퇴근 시간에 버스나 지하철에서 책을 읽는 사람을 종종 볼 수 있었어요. 심지어 제가 아는 어느 소설가는 파주에 있는 출판사로 출퇴근하던 시절 운전해서 자유로를 달리며 핸들에 책을 올려놓고 읽었다고 하는데요. 스마트폰이 보급된 이후로 그런 풍경은 찾아보기 힘들게 되었죠. 물론 전자책을 읽을 수도 있겠지만, 그것도 SNS나 유튜브, 게임, 신문 기사 같은 것들에 한참 밀리는 것 같아요. 저만 해도 그러니까요.

그러니까 '계속 읽기'를 첫번째 뜻으로 해석한다면, 집이나 카페에서 읽던 책을 출퇴근하면서도 계속 읽자, 라는 의미가 돼요. 출퇴근하면서 책을 읽는 건 무척 좋은 습관이에요. 출근길에 읽는 책은 회사에 가야 한다는 짜증을 잊게 해서 마음을 안정시킬 수 있고, 퇴근길에 읽는 책은 집에 돌아와 SNS 피드를 끊임없이 새로 고침 하는 대신 자연스럽게 읽던 책을 이어서 읽도록 브리지 역할을 할 수 있으니까요.

그런데 이건 너무 이상적인 이야기죠. 사실 사람들이 출퇴근하면서만 책을 안 읽는 게 아니잖아요. 그렇기 때문에 일단 두번째 의미의 '계속 읽기'가 필요합니다. 일부러 시간을 내서 책을 읽는 건 쉽지 않으니, 자투리 시간을 이용해서 끊었던 독서를 틈틈이 다시 이어나가는 거죠. 최소한 출퇴근하는 시간만이라도요.

그렇다고 해서 오늘 제가 드릴 이야기가 출퇴근 시간에 읽기를 권함, 그런 건 아니고요. 우리 모두는 태어나서 자라며 어느 순간 책을 읽기 시작해요. 많은 사람들은 계속해서 책을 읽습니다. 그리고 그보다 더 많은 사람들은 어느 순간 책 읽기를 그만두죠. 그렇다면 그 이유가 무엇인지, 과연 읽기라는 것은 무엇인지, 나는 어떤 읽기를 하고 있는지, 계속해서 읽을 수 있을지…… 이런 질문들을 한번쯤 던져볼 수 있는 시간이 되면 좋겠다고 생각했어요. 물론 명쾌한 답을 내릴 순 없겠지만요.

환상이냐 기만이냐

눈치채셨겠지만 오늘 강연의 제목은 대니 샤피로가 쓴 『계속 쓰기: 나의 단어로』(한유주 옮김, 마티, 2022)에서 따왔습니다. 글을 쓰는 방법을 가르치는 작법서는 아니고요, 제목 그대로 계속 쓰는 것에 대한 책입니다. 계속 글을 쓰며 사는 작가의 삶에 대한 에세이라고 할까요. 저는 아주 오랫동안 이런 종류의 책을 굉장히 좋아했어요. 이유는 단순합니다. 늘 저는 무언가를 쓰고 있는 사람이었고, 쓰고 싶은 사람이었으니까요.

종종 책이나 강연 혹은 작가나 인문학 구루들의 인터뷰에서 이런 말을 들어본 경험이 있으실 거예요.

'책을 읽으세요! 독서는 당신의 인생을 바꿉니다! 글을 쓰세요! 글쓰기는 우리를 절망에서 구원해줍니다! 문학은 무용합니다! 하지만 무용해서 유용합니다!'

그런데 개인적으로 언젠가부터 그런 이야기들이 좀 지긋지긋하게 느껴지더라고요.

물론 어떤 읽기는 어떤 사람의 인생을 바꿨을 수도 있습니다, 그리고 어떤 쓰기는 어떤 사람을 절망에서 구해줬겠죠.

근데 꼭 그래야 하나요? 안 그러면 안 되나요? 그

냥 책일 뿐이잖아요. 읽고 싶으면 읽고, 쓰고 싶으면 쓰고. 재밌으면 좋고, 아니면 할 수 없고. 그렇게 조금 담백한 관계를 맺을 수는 없을까? 하는 생각이 드는 거죠. 동시에 읽기와 쓰기를 권하는 '선생님'들이 정작 본인들은 얼마나 읽고 쓰고 계신지 모르겠다는 생각도 들고요.

물론 글쓰기와 책 읽기, 혹은 문학이라는 것에는 어떤 종류의 '환상'이 전제되어 있을 수밖에 없습니다. 읽고 쓰는 동안 내가 지금 굉장히 가치 있는 일을 하고 있다는 생각, 내 삶이 나아지고 있고 이것을 통해 다른 사람의 삶까지 나아지게 만들 수 있을지도 모른다는 착각…… 어쩌면 그것이야말로 읽기와 쓰기가 만들어내는 문학이라는 행위의 핵심인지도 모릅니다. 그런 환상이 없다면 문학이라는 것은 성립되지 않으니까요. 롤랑 바르트는 이런 말을 했습니다. 문학에서 환상을 제거하려는 사람들이 있다, 그들은 나쁜 사람들이다.

문제는 그게 어느 정도냐는 거예요. 쓰기와 읽기의 핵심에는 환상이 있어요. 하지만 환상과 기만은 같지 않습니다. 이 모든 행위의 핵심에는 환상이 있다는 사실을 인지한 상태에서, 그럼에도 불구하고 자기 자신과 독자들에게 정직하려고 노력하는 작가가 있습니다. 반대로 어차피 환상이라면 그냥 사람들이 듣고 싶어하는 말을 해주면 되는 거 아니냐고 생각하는 작가도 있을 수 있습니다. 그러면서 사람들이 듣고 싶어한다고 생각하는 말을 아주 열렬히, 최선을 다해서, 마치 그것이 더없는 '사실'인 것처럼 이야기를 하는 거죠. 제 생각엔, 적극적으로 환상을 이용하는 그들이야말로 문학에서 환상을 제거하려는 사람들입니다. 독자들을 향해 환상을 현실인 것처럼 호도하고 있으니까요.

독자 문제

오해하면 안 됩니다. 저는 지금 『계속 쓰기』가 그런 책이라고 말하는 게 아니에요. 제가 한때 모든 작법서의 열렬한 독자였음에도 불구하고, 어느 순간 거리를 두게 된 계기에 대해 말씀드리는 거예요. 그리고 저는 『계속 쓰기』가 그런 책일 수도 있다고 혼자 의심했던 거고요.

그러니까 그건 결국 제 문제인 거죠. 그리고 저라는 사람은, 저라는 독자도 마찬가지인데, 끊임없이 변합니다. 앞서 말씀드린 것처럼 예전에는 이런 종류의 책을 즐겨 읽었어요. 쓰기나 읽기를 지나치게 낭만화하거나 속된 말로 '약을 팔려고' 하는 느낌이 들 때도, 다른 부분들이 재미있으면 신경쓰지 않고 넘어갈 수 있었어요. 그런데 지금은 그런 기미가 조금만 느껴져도 못 참겠어요. 나도 모르게 머리를 쥐어뜯고 막 비명을 지르고 싶어져요. 전에 비해 비위가 약해진 거죠. 덜 건강해진 거예요. 말하자면요.

그렇다면 우리는 누구의 의견을 더 신뢰할 수 있을까요? 상대적으로 건강했던 과거의 나=독자? 혹은 좀더 예민하고 까다로워진 현재의 나=독자?

당연한 말이지만, 읽기에는 독자의 역할이 큽니다. 생각보다 훨씬 더요. 여기서 주의해야 할 건 독자는 고정된 존재가 아니라는 사실입니다. 독자라는 '존재'가 따로 있는 게 아니라, 특정한 순간에 무언가를 읽고 있는 '상태'가 있는 거예요. 이때 그것을 읽는 사람이 지금까지 어떤 책을 읽었고, 어떤 사람들을 만났고, 어떤 환경 속에서 생활했으며, 어떤 관점으로 세상을 바라보는지 같은 거시적인 조건들은 중요합니다. 사소한 다른 조건들도 그만큼, 어쩌면 그보다 더 중요하고요.

한마디로 그 사람은 지금 집중해서 책을 읽고 있을 수도 있고 반쯤 정신이 팔린 채로 읽고 있을 수도 있습니다. 할일을 마치고 여유롭게 책을 읽고 있을 수도 있고 해야 하는 일이 있는데 책 속으로 도피하고 있을 수도 있어요. 잠을 잘 자서 컨디션이 좋을 수도 있고 잠을 못 자서 피곤하고 날카로울 수도 있죠. 연락이 없는 친구를 기다리느라 초조할 수도 있고 배가 고플 수도 있고요. 낮의 카페에서 약간의 소음과 함께 읽을 수도 있고 모두 잠든 밤에 홀로 스탠드를 켜 놓고 읽을 수도 있습니다. 그리고 이런 각각의 상황은 우리의 독서에 각기 다른 영향을 미칩니다. 미칠 수밖에 없죠. 늘 그렇다고 말할 수는 없지만, 때때로 이런 영향은 치명적이기도 할 것입니다.

책을 다 읽은 후라도 이어서 어떤 책을 읽고, 음악을 듣고, 영화나 드라마를 보고, 사람을 만나 무슨 대화를 했는지에 따라 기억 속에 남는 책의 인상이 달라지는 경우도 종종 있습니다. 이미 읽은 다음에도 외부적인 조건들에 영향을 받는 거죠. 그렇게 생각하면 '독자'의 '취향'이라는 건 물론 중요하지만, 생각만큼 절대적이진 않은 것 같아요.

그렇기 때문에 저는 독자로서의 제 판단을 과신하지 않습니다. 지금 읽고 있는 책에 대한 판단을 유예한다는 게 아니에요. 당연히 그때그때 판단을 내립니다. 때로는 꽤 단호하고 가혹한 판단을 내리기도 해요. 하지만 그것이 최종적인 판단이 아니라는 걸, 다른 시간 다른 상황에서라면 얼마든지 바뀔 수 있다는 가능성을 열어놓는 거지요.

읽었는데 재미가 없어서, 나한테 아무 의미도 없어서, 별로이거나 심지어 나쁜 책이라고 판단해서 처분한 책들을 나중에 다시 사는 일이 가끔 있잖아요? 저만 그런가요?

그래서 『계속 쓰기』라는 책을 읽어보기로 한 거예요. 제가 처한 현재의 어떤 상황과 조건들이 이런 종류의 책을 기피하게 만들고 있는데, 그건 조건이 달라지면 이런 종류의 책을 다시 좋아하게 될 수도 있다는 말이잖아요. 그리고 어쩌면, 바로 이 책이 그 조건을 바꾸게 하는 동인이 될 수도 있고요.

그래서 아이와 함께 도서관에 가서 책을 빌렸습니다. 읽어보기로 마음을 먹긴 했지만, 살 만큼 먹지는 않은 거죠. 집에 돌아와서 책을 펼쳤는데, 서문의 첫 문단이 이렇게 시작하는 거예요.

> 야구 경기에서 인생에 대해 알아야 할 전부를 배울 수 있다는 말을 들은 적이 있다. 딱히 스포츠맨이 아닌 나는 이 말이 사실인지는 모르지만, 진심을 다해 꾸준히 글을 쓰려고 노력하면 인생에 대해 알아야 할 전부를 배울 수 있다는 비슷한 철학을 갖고 있다.
>
> 적어도 내 경우에는 그랬다.

이 구절을 보면서 무슨 생각이 드세요? 저는 머릿속에 빨간불이 켜지더라고요. 혹시나 했는데 역시나, 같은 기분이었죠. 바로 "진심을 다해 꾸준히 글을 쓰려고 노력하면 인생에 대해 알아야 할 전부를 배울 수 있다"라는 구절 때문이었는데요, 저에겐 그것이 또 하나의 부정확하고 무책임한 말처럼, 그러니까 이런 종류의 책을 찾아 읽는 독자들이 좋아할 법하다고 작가가 생각한 뻔한 말처럼 느껴졌던 거예요. 그러면서 이런 생각이 들더라고요.

(1) 인생에 대해 알아야 할 전부는 무엇인가?

(2) 그것은 글쓰기(그리고 야구)를 통해서만 배울 수 있는가?

(3) 그런데 왜 나는? 왜 아무것도 모르겠지?

(1)과 (2)는 일반적인 층위의 의혹입니다. 이때 의혹의 대상은 책, 그러니까 작가입니다. 인생에 대해 알아야 할 전부가 대체 뭔지? 그걸 아는 사람이 세상에 있긴 한지? 그것은 글쓰기나 야구를 통해서만 배울 수 있는지? 그렇다면 글도 쓰지 않고 야구도 좋아하지 않는 사람은 인생을 모르는 건지? 야구를 즐겨하지 않는 나라에서 태어난 사람들은 어떡해야 하는 건지? 만약 글쓰기나 야구가 아니더라도 다른 것을 진심을 다해 꾸준히 하려고 노력하면 인생에 대해 알아야 할 전부를 알 수 있다면 왜 마치 글쓰기나 야구만이 인생을 아는 방법인 것처럼 써놓은 건지? 그건

독자에 대한 기만 아닌지?

반면 (3)은 독자, 그러니까 저의 개인적인 층위에서의 의혹입니다. 저는 십 년 넘도록 직업적인 작가로 살아왔는데요, 쉬지 않고 글을 쓰며 제가 쓰는 글에 나름대로 진심을 담으려고 노력했다고 저는 생각합니다. 잠깐만, 그런데 왜 나는 인생에 대해 알아야 할 게 무엇인지 아무것도 모르겠는 거지? 왜 더 열심히 글을 쓰면 쓸수록 인생을 더 모르겠다는 기분이 되는 거지? 나의 진심이 부족했나? 진정성이 없나? 작가나 나, 여기서 둘 중 하나는 거짓말을 하고 있는 것 같은데? 따라서 이제 의혹의 대상은 작가와 동시에 제가 되는 거죠.

만약 작가가 문제라면 그만 읽으면 됩니다. 세상에 작가는 많으니까요. 물론 오해일 수도 있지만 어쩌겠어요? 어차피 우리는 매번 오해에 오해를 거듭하며 살아가는데.

그런데 만약 내가 문제라면 어떡하지? 혹시라도 내가 글을 써온 방식이 처음부터 끝까지 틀렸다면, 한 글자도 맞지 않는다면, 그래서 그렇게 많은 글을 써왔지만 아무것도 모르는 거라면…… 그건 너무 괴로운 생각이죠. 확인을 하지 않고서는 견딜 수가 없는 생각입니다. 그래서 저는 이 책을 '계속 읽기'로 했습니다. 작가가 거짓말을 하든 내가 잘못 살았든 어쨌든 결론을 내리기 위해서요.

오늘 강연의 제목인 '계속 읽기'의 의미를 좀더 추가할 수 있겠네요. 어떤 책을 계속 읽을까 말까 고민할 때 계속 읽는 것. 혹은 여러 가지 이유로 덮어두었던 책을 다시 집어들고 계속 읽는 것.

결론부터 말하자면 책은 무척 좋았습니다. 글을 쓰고 싶어하는 사람들에게 어떤 환상을 달콤한 기만의 형태로 주입하고 북돋움으로써 그들을 결과적으로 외롭고 눅눅하고 늘 마감에 쫓기는 우울한 생활로 끌어들이는 무책임한 책이 아니었던 거죠. 대신 실제로 글을 쓰는 작가의 입장에서 느끼는 다양한 문제들, 글을 쓰려고 책상에 앉으면 어김없이 튀어나오는 '인생의 벼룩들', 마음의 어둠들을 정직하게 보여주는 책이었어요. 중간중간 울컥하기도 하더라고요.

물론 다 좋기만 한 건 아니에요. 개인적으로 베케트의 "실패하라, 더 낫게 실패하라"라는 슬로건을 지나치게 반복한다거나—맞아요, 저는 그 말도 좋아하지 않습니다. 실패할 수도 있고 성공할 수도 있는 거지, 굳이 저런 말을 반복해서 할 필요가 있을까요? 그

것 자체가 이미 실패를 지나치게 두려워한다는 반증 아닐까요?—뉴에이지풍의 영성 이야기가 슬쩍 나오는 부분들은 제 취향이 아니었어요. 하지만 어떤 책이건 전부 제 입맛에 맞을 수는 없는 일이니까요. 그건 제가 쓴 책이라고 해도 안 돼요. 제가 쓴 책이야말로 더더욱.

여기서 읽기에 대한 작은 팁을 하나 드릴게요. 한번 책을 끝까지 읽은 다음 처음으로 돌아와서 서문이나 앞부분을 다시 읽어보세요. 처음에는 몰랐던 게 보이기도 하고, 전혀 다르게 읽히기도 하거든요. 꽤 재미있어요.

그래서 저도 다시 한번 서문을 읽어봤습니다. 과연, 같은 구절이 전혀 다르게 느껴지는 거죠. 처음에는 삐딱하게만 바라보았던 저 말들을 이제는 기꺼이 이해하게 되는 거예요. 인생에 대해 알아야 할 전부가 뭐냐고? 물론 그걸 말할 수 있는 사람은 아무도 없지. 하지만 어떤 사람이 자기 인생에서 알아야 할 모든 것을 알았다고 느낄 수는 있지 않나? 그게 뭔지 콕 집어서 말하지는 못하더라도 전부 부정할 순 없는 거 아닌가? 불립문자라는 말도 있는데?

제 생각엔 야구나 글쓰기가 아니더라도 어떤 것이

건 진심을 다해 오랫동안 노력하면 비슷한 걸 느낄 수 있을 것 같아요. 하지만 '야구 경기에서 인생에 대해 알아야 할 전부를 배울 수 있다'는 말은 워낙 오래된 경구 같은 거잖아요. 그러니까 작가는 누구나 한 번쯤 들어봤을 법한 익숙한 이야기를 배치하고, 그 옆에 글쓰기를 나란히 놓은 거죠. 얼마나 효과적인 글쓰기예요? 게다가 작가는 지금 사실이 아니라 자기가 가지고 있는 '철학'에 대해 이야기하고 있습니다. 심지어 "적어도 내 경우에는 그랬다"라는 말까지 덧붙이면서요.

이제 작가는 무죄임이 밝혀졌습니다. 땅 땅 땅. 그럼 저는요? 왜 저는 글을 오랫동안 진심으로 쓰려고 노력해왔는데 인생에 대해 전부는커녕 조금도 알지 못하는 거죠? 답은 이미 위에 나와 있습니다. 그건 대니 샤피로라는 작가의 철학이지 제 철학이 아니잖아요. 다시 말해 그건 모든 사람한테 적용되는 일반론 같은 게 아니고, 따라서 저와는 별개의 문제인 거죠.

그렇게 서문을 다시 읽고 있으려니까 문득 그런 생각이 들었어요. 징징대지 말아야겠다, 더 잘 써야겠다, 더 정직하게 써야겠다, 최소한 그러려고 노력을 해야겠다…… 인생에 대해 알아야 할 전부를 알기 위해서가 아니라, 모든 일에는 기쁨과 슬픔이 있게 마련이니까. 글쓰기의 슬픔만 따로 떼어놓고 과장해서 이야기하는 건 많은 작가들의 길티 플레저 같은 거지만, 그것도 너무 지나치면 독이 되니까. 무엇보다 나는 계속 써야 하니까. 계속 쓰고 싶으니까. 그게 무엇이든.

이것이 대니 샤피로의 책이 저에게 준 마음입니다. 한 권의 책을 읽고, 심지어 도서관에서 빌려 읽고 받은 마음이라고 하기에는 좀 귀한 마음이죠. 물론 모든 책이 그런 걸 주는 건 아닙니다. 하지만 그런 마음을 주는 책이 따로 있는 것도 아닌 것 같아요.

제가 이 책을 다른 시간에 다른 눈으로 봤다면 어땠을까요? 순전한 가정이지만, 만약 제가 예전처럼 비위 좋고 건강한 독자였다면 나오자마자 망설임 없이 책을 사서 즐겁게 읽었을 수도 있어요. 그리고 까맣게 잊어버리고요. 제가 당시에 즐겁게 읽었던 수많은 작법서들이 그랬던 것처럼.

제가 하고 싶은 말은 가끔, 아주 가끔, 상황과 조건들이 적절하게 맞아떨어졌을 때, 우리는 책을 읽음으로써 생각지도 못했던 것들을 받을 수 있다는 것입니다. 아마 여러분들도 각자 비슷한 경험들이 있으실 거예요. 그리고 그건 의식적으로 추구할 수 있는 일은 아닙니다. 책이 우리에게 무엇을 줄지는 아무도, 읽는 우리는 물론이고 그 책을 쓴 작가조차 알 수 없는 일이니까요.

그래서 저는 책이 우리에게 무언가를 준다고 하는 말들을 별로 좋아하지 않습니다. 하지만 책이 우리에게 무언가를 주는 건 분명한 사실입니다. 매번 주는 건 아니더라도, 사실 그것만으로도 이미 충분하고요.

겹쳐 읽기

책의 구성에 대해서도 이야기하고 싶어요. 한 키워드 혹은 주제를 다루는 두세 쪽 분량의 짧은 글들을 '시작' '중간' '끝'으로 나눠서 배치했어요. 그리고 각 장의 처음에는 다른 작가들의 말이 인용되고 있는데요.

첫번째 장인 '비기닝스Beginnings'를 볼까요. 비기닝이 아니라 비기닝스라는 게 좋죠. 시작은 하나가 아니라 늘 여러 개일 테니까요. 물론 중간과 끝도 마찬가지겠지만, 그것들은 앞부분에 의해서 제약을 받을 수밖에 없죠. 대니 샤피로는 "결말은 종잡을 수 없고, 중반은 어디서도 보이지 않지만, 최악은 시작하는 것, 시작하는 것, 시작하는 것이다!"라는 도널드 바셀미의 말을 인용하며 첫번째 장을 시작합니다.

책을 쓸 때 시작과 중간과 끝에는 모두 각각의 어려움이 있습니다. 그중에서 시작의 어려움은 이런 거예요. 글을 쓰기 위해 우리는 하얀 모니터를 마주합니다. 원하는 건 무엇이든 쓸 수 있어요. 아무도 말리지 않습니다. 그런데 쓸 수가 없어요. 어디로든 갈 수 있는 사막 한가운데에서 어디로도 갈 수 없는 것과 비슷하죠. 막막함.

두번째 장인 '미들스Middles'에는 "지붕 너머를, 구름 너머를 볼 수 있을 정도로 높은 사다리를 올라간다. 책을 쓰는 중이다. 한 번에 한 칸씩 올라가는 신발 신은 발이 보인다. 서두르지 않고 쉬지도 않는다"라는 애니 딜러드의 말로 시작하는데요. 중간의 문제는 바셀미가 말한 것처럼 "어디서도 보이지 않"는다는 거예요. 우리가 책을 쓰면서 궁극적으로 향하는 곳은 지붕 너머, 구름 너머입니다. 그런데 우리에게는 날개가 없고, 거기로 바로 날아갈 수가 없어요. 보이는 건 눈앞에 놓인 사다리가 유일합니다.

우리가 할 수 있는 건 사다리를 밟고 올라가는 것뿐입니다. 어디로 가고 있는지, 끝이 있긴 한지, 구름 너머로 갈 수 있을지 불안한 마음을 안은 채로 한 칸씩 한 칸씩 계속해서 올라가는 수밖에 없어요. 마치 인생처럼요. 인생과 책의 공통점은 둘 다 중간이 가장 길고 어디서도 보이지 않는다는 건데요. 단테도 『신곡』(김운찬 옮김, 열린책들, 2009)의 첫 문장을 이렇게 시작하잖아요. "우리 인생길의 한중간에서 나는 올바른 길을 잃어버렸기에 어두운 숲속에서 헤매고 있었다."

마지막 장 '엔즈Ends'에서는 구약의 전도서를 인용하고 있습니다. "발이 빠르다고 달리기를 이기는 것은 아니며, 강한 자가 전투에서 이기는 것도 아니다…… 시간과 기회만이 그들 모두에게 나타난다.” 손이 빠르다고 좋은 책을 쓰는 건 아니죠. 유명하고 인기 있는 작가가 반드시 좋은 책을 쓰는 것도 아니고요. 책을 쓰는 우리는, 그리고 책을 읽는 우리 역시도, 어서 빨리 결말을 보고 싶다는 초조함과 이대로 끝내고 싶지 않다는 아쉬움, 미련, 뭐 그런 마음들을 잘 달래가며 시간과 주의를 들여 한 장 한 장 나아가야 해요. 인생도 마찬가지 아닐까요? 중요한 건 얼마나 빨리 끝에 다다르느냐가 아니라, 어떻게 다다르느냐는 것이니까요.

그렇게 보면 ‘시작들/중간들/끝들’이라는 책의 구성은 한 권의 책을 쓰고 인생을 사는 것의 형식적인 유비로 작동하고 있는 거죠. 작가는 “진심을 다해 꾸준히 글을 쓰려고 노력하면 인생에 대해 알아야 할 전부를 배울 수 있다”는 자신의 철학을 내용뿐만 아니라 책의 구성을 통해서도 보여주고 있는 거예요. 물론 이게 ‘인생에 대해 알아야 할 전부’라고는 말할 수 없겠지만요.

저는 작가와 같은 철학을 가지고 있진 않지만, 이 책을 읽으면서 읽기라는 것을 인생이라는 긴 과정에 겹쳐놓고 보면 어떨까? 하는 생각이 들더라고요.

그만 읽기

엄청난 독서량으로 유명한 알베르토 망구엘이라는 아르헨티나 작가가 있습니다. 어린 시절 서점에서 아르바이트를 하다가 눈이 먼 보르헤스를 만나 그를 위해 책을 읽어주는 일을 하게 되는데요. 결국 그것이 망구엘을 작가의 길로 이끈 결정적인 계기가 됩니다. 읽기가 인생을 바꾼 아주 극단적인 예라고 할까요? 우리나라에도 망구엘의 책이 여럿 번역되었는데, 그중 『독서의 역사』에서 망구엘이 글씨를 처음으로 읽은 마법 같은 순간에 대해 묘사하는 부분이 있어요.

> 그러던 어느 날, 승용차의 유리창을 통해 나는 도로 양옆의 광고판을 보았다. (……) 별안간 나는 그 형상들이 무엇인지 알 수 있었다. 그 형상들을 머릿속으로 그리며 곰곰이 생각에 빠지자 광고판 안에 담긴 검정 선과 흰 여백이 어떤 의미 있는 현실로 변형되는 게 아닌가. (……) 나는 전능한 존재가 되었다. 마침내 나도 글자를 읽을 수 있게 된 것이다.

마법 같은 일이죠. 단지 까만 선일 뿐인데, 그것이 우리에게 생생한 이미지를 보여주고 소리를 들려주고 냄새를 맡게 해주며 시간의 흐름을 느끼게 합니다. 그렇기 때문에 망구엘은 글자를 읽을 수 있게 된 자신을 두고 "나는 전능한 존재가 되었다"라고 말합니다. 여기에는 아주 중요한 사실이 숨어 있는데요, 바로 일단 읽어버린 후에는 읽기 전으로 돌아갈 수 없다는 사실입니다.

인간의 역사도 마찬가지예요. 역사라는 것 자체가, 문자의 발명과 연관이 있잖아요? 기록을 남기고 그것을 읽게 된 후에야 인류는 비로소 '역사의 시대'로 접어들게 되었고 다시는 쓰지도 읽지도 못했던 시절로 돌아갈 수 없게 된 거죠.

하지만 우리는 더이상 책을 읽지 않기를 선택할 수는 있습니다. 그만 읽는 거죠. 여기에는 개인적인 이유부터 사회적이고 구조적인 이유까지, 굉장히 다양한 이유가 있을 텐데요.

한번 개인적인 이유를 생각해볼까요? 그냥 재미가 없어서, 혹은 다른 재미있는 일이 많아서 그만 읽을 수 있죠. 그런가 하면 환멸을 느껴서 그만 읽을 수도 있을 것 같아요. 좋아하는 작가가 알고 보니 성범죄자였다, 인간쓰레기였다, 실제로 이런 일들이 자주 있으니까요. 환상이 아주 극단적인 방식으로 깨지는 거죠.

혹은 충만함으로 그만 읽기를 선택하는 것도 생각해볼 수 있을 것 같아요. 배가 부르면 밥을 그만 먹듯이, 이제 더는 책을 읽을 필요가 없다는 생각이 드는 거예요. 물론 이런 경우라면 조만간 다시 책을 읽을 가능성이 높겠네요. 배가 고파지는 것처럼, 책을 읽고 싶어지는 순간이 찾아올 테니까요.

한편 쓰기 위해 그만 읽는 경우도 있습니다. 글을 쓰기 위해서는 먼저 책을 읽어야 하지만, 실제로 글을 써야 하는 순간에는 읽기를 멈추는 수밖에 없으니까요. 그건 잠시 동안일 수도 있고 아주 긴 시간이 될 수도 있습니다. 그 밖에도 여기 다 나열할 수 없고 제가 상상할 수조차 없는 많은 이유들이 있겠지요.

생존 독서

그럼 끊겼던 읽기를 이어나가기 위해서는, 그러니까 다시 읽기를 위해서는 무엇이 필요할까요?

먼저 주4일제 근무, 최저임금 인상, 주거 안정, 보편 복지와 사회적 안전망 확충, 조건 없는 기본 소득 같은 것들이 떠오르는데요. 아마 이런 것들이 이뤄진다면 독서율은 올라가겠죠. 당연히.

하지만 이건 우리 개개인이 할 수 있는 일은 아닙니다. 최소한 당장 바꿀 수 있는 건 아니에요. 그렇기 때문에 다시 읽는 게 필요하다면, 지금으로서는 개개인의 결단이 필요합니다. 출퇴근길에 자투리 시간을 활용하건, 매달 한 권의 책을 사서 읽는 식으로 자신만의 루틴이나 리추얼을 만들 건, 동네서점을 방문하거나 도서관을 이용하는 습관을 기르건 개인적인 노력을 통해 다시 읽는 습관을 만드는 수밖에 없어요. 그런데 사회적이고 구조적인 문제점들을 해결하지 않으면 개개인이 그런 노력을 하기는 무척 어렵습니다. 여기에는 어떤 악순환이 있고, 개인이 그 악순환의 고리를 끊어내는 건 사실상 불가능에 가깝습니다.

그런데 정말 책을 읽어야 할까요?

그런데 정말 책을 다시 읽어야 할까요?

책은 좋은 거니까 읽으라는 말은 건강한 삶을 살려

면 규칙적인 생활을 하고 술과 담배를 멀리하고 소식하고 운동하라는 말이랑 똑같은 것 같아요. 정확히 사실이지만, 그럴 수 없는 이유에 대해서는 눈을 감은 채 그렇게 말하는 건 무책임한 일이죠. 그래서 저는 지금까지 그런 말을 하지 않았습니다. 독서를 하기 어렵게 만드는 사회적인 조건들을 무시한 채, 그것이 순전히 개개인의 선택에 달린 문제인 양 말하는 뻔뻔하고 기만적인 사람이 되기 싫었으니까요.

그렇지만 이제 더는 피할 수가 없겠네요.

네, 책을 읽어야 합니다.

그렇다고 책이 좋은 거라서, 인류의 지적 유산의 보고라서, 우리의 공감 능력을 키워주는 예술이라서 뭐 그런 이유는 아니고요. 살기 위해서, 다만 살기 위해서 책을 읽을 필요가 있는 것 같아요.

운동을 예로 들어볼까요? 우리는 늘 몸을 움직이면서 살아갑니다. 한시도 멈추지 않아요. 가만히 누워 있는 동안에도 숨은 쉬잖아요. 숨쉬기 운동이라고 하죠. 하지만 진짜 운동은 따로 해야 해요.

물론 저는 운동을 하지 않습니다. 예전에는 그럴 필요를 별로 느끼지 못했고, 요즘엔 절실히 느끼기는 하는데 짬을 내기가 쉽지 않아요. 저 역시 책을 읽고 글을 쓰는 마감 노동에 시달리는 생활인이니까요. 그러니까 누가 저한테, 주로 가족인데, 운동 좀 하라고 하면 짜증이 나요. 읽어야 하는 책, 써야 하는 원고가 얼마인데 지금 내가 운동할 시간이 어디 있냐고. 누군 운동하기 싫어서 안 하는 줄 아냐고.

솔직히 싫어서 안 하는 게 맞습니다. 그러니 비록 짜증 섞인 대꾸를 하긴 하지만, 마음속 깊은 곳에서는 그 말이 맞다는 걸 아는 거예요. 몸매를 가꾸기 위해서, 혹은 보디 프로필을 찍기 위해서가 아니에요. 나이를 먹으며 몸이 예전 같지 않고, 체력도 떨어져서 컨디션을 유지하기 힘든데 운동밖에 방법이 없어요. 생존 체력이라는 말도 있잖아요. 진짜 살려면 운동을 해야 하는 나이가 된 거죠.

책을 읽는 것도 비슷해요. 우리는 늘 무언가를 읽습니다. 간판을 읽고 메뉴판을 읽고 SNS를 보고 뉴스를 보고 카카오톡 메시지를 읽는 식으로요. 심지어 유튜브나 예능 프로그램을 볼 때도 자막을 읽잖아요. 말하자면 그건 숨쉬기 운동 같은 거예요. 진짜 운동이 아닌 거죠. 그러니까 제 말은, 지적인 운동도 육체적인 운동만큼이나 중요하다는 말이에요. 특히 나이를 먹으며 육체 운동의 필요성이 커지는 것처럼 지적 운동의 필요성도 더 커진다는 거죠.

여러 가지 방법이 있을 거예요. 그런데 그중 가장 쉬우면서도 효과적인 방법이 저는 책을 읽는 거라고 생각해요. 대단한 즐거움을 얻기 위해서가 아니에요. 대단한 정보를 얻기 위해서가 아니고, 대단히 유용해서도 아니에요. 다만 가짜 뉴스가 범람하고 이런저런 말들의 홍수에 나도 모르게 휩쓸리기 쉬운 세상에서 정신을 똑바로 차리고 살아갈 수 있으려면, 무거운 몸을 이끌고 나가서 억지로라도 운동을 하는 것처럼 의식적으로 책을 읽으려는 노력을 해야 한다는 거예요.

한마디로 '생존 독서'인 거예요. 그러다보면 즐거움을 얻기도 하고 정보를 얻기도 하고 또 다른 유용함을 얻기도 하는 거죠. 체육관에 가서 돈을 내고 세상 재미없는 운동을 하면서도 나름의 즐거움을 얻는 것처럼요.

다시 읽기

그렇다면 우리는 어떻게 다시 읽을 수 있을까요? 저는 진짜 '다시 읽기'를 추천합니다. 말장난이 아니라요, 예전에 재미있게 읽었던 책들 있잖아요. 혹은 재미있게 읽다가 다른 바쁜 일 때문에 덮고 때를 놓쳐버린 책들. 일단 그런 책들을 다시 읽으며 서서히 책과의 거리를 좁혀나가는 거죠.

얼마 전에 오에 겐자부로가 세상을 떠났다는 소식을 들었습니다. 개인적으로 굉장히 좋아하는 작가였는데요, 야심 차게 출간하다가 IMF 때 출판사가 망하면서 절판된 고려원 오에 겐자부로 전집도 발품을 팔아 한 권 한 권 전부 모았고, 2005년에 방한했을 때 가서 강연을 듣고 직접 사인도 받았어요. 제가 일본어를 전혀 모르는데 만나면 너무 좋아한다는 말을 꼭 하고 싶어서 인터넷에서 검색해서 일본어 문장도 외웠고, 심지어 지금도 외울 수 있어요. "와따시와 아나따노 고또가 다이스키데스." 나중에 알고 보니 '나는 당신을 무척 좋아한다'고 고백할 때 하는 말이라고 하더라고요.

그런데 제가 그 말을 했는지 안 했는지 도무지 기억이 나질 않아요. 너무 떨려서 말도 못 떼고 꾸벅 고개만 숙였던 것 같기도 하고, 제가 더듬더듬 그 말을 내뱉자 오에 겐자부로가 웃으며 저를 쳐다본 것 같기도 하고. 참 이상하죠? 다만 사인을 받고 악수를 하는데, 그때 그 따뜻하고 두툼하던 손의 감촉만은 여전히 저의 안에 남아 있습니다.

그렇게 좋아했지만 어느 순간부터 오에 겐자부로를 완전히 잊고 지냈는데요. 부고를 듣고 오늘 주제와도 연관이 있는 『읽는 인간』(정수윤 옮김, 위즈덤하우스, 2015)이라는 책을 오랜만에 다시 읽어봤어요. 이것도 다시 읽기의 한 방식이죠. 그런데 너무 좋더라고요. 전에 읽을 때랑 느낌이 또 달랐는데, 왜 그런가 생각해보면 몇 가지 이유가 있을 것 같아요. 오에 겐자부로가 죽었다는 소식을 들어서일 수도 있고, 제가 나이를 먹어서 『읽는 인간』을 쓸 당시의 오에 겐자부로를 조금이나마 더 이해하게 되었기 때문일 수도 있고, 제가 아이와 함께 살게 되어서 그런 걸 수도 있고요.

오에 겐자부로에게는 자식이 셋 있었는데, 그중 첫째 히카리는 뇌병변 장애를 안고 태어났어요. 그리고 그것이 오에 겐자부로의 작품 세계에 아주 커다란 영향을 미칩니다. 히카리가 태어나기 전의 소설과 태어난 이후의 소설이 완전히 다르다고 할 수 있을 정도로요. 소설가 아버지와 장애가 있는 아들이 등장하는 반半자전적인 소설도 많이 썼고, 실제로 아이의 삶과 그 아이와 함께하는 자신들의 삶을 이해하기 위해서 소설을 쓴다는 말을 하기도 했습니다.

과거의 제가 그런 오에 겐자부로의 소설을 조금 추상적으로 이해했다면, 지금은 그때보다 아주 미약하게나마 조금 더 이해의 폭이 넓어진 것 같아요. 아이와 함께 생활하는 게 어떤 건지 알게 됐고, 아이가 아프거나 이해할 수 없는 행동을 할 때 부모의 마음이 어떤지 알게 되었으니까요.

오에 겐자부로는 평생을 '읽는 인간'으로 살아왔습니다. 그는 이렇게 말합니다.

> 저는 아무래도 인생을 살며 구덩이 같은 데 빠지기 쉬운 타입이 아닌가 싶어요. 가끔 고통스러운 곳으로 빠져듭니다.
>
> 하지만 그러는 동안 책을 읽으며 도움을 받았어요. 괴로울 때는 주로 책을 읽습니다. 우선은 생활을 해나가야 하기에 소설을 씁니다. 어떻게 쓸 것인가? 읽고 있는 책을 실마리 삼아 내 생활

을 쓴다, 아이를 중심으로 쓴다, 라는 식으로 써왔어요.

인생을 살며 구덩이 같은 데 빠지기 쉬운 타입이 될지 말지를 선택할 수 있다면 당연히 되지 않는 편이 사는 데 편하겠지만, 살면서 누구나 두어 번쯤은 고통스러운 곳으로 빠져들게 마련이니까요. 괴로울 때 도움이 되는 존재를 하나쯤 알아둬서 나쁠 건 없겠죠.

중요한 건, 책이 개인적인 괴로움에만 도움이 되는 게 아니라 장기적으로 사회의 전반적인 괴로움을 낮추는 데도 도움이 될 수 있다는 사실입니다.

주4일제 근무, 최저임금 인상, 주거 안정, 보편 복지와 사회적 안전망 확충, 조건 없는 기본 소득 같은 것들을 요구하기 위해, 반드시라고는 할 수 없겠지만 대체로, 책을 읽는 것은 도움이 됩니다. 인권이 어떻게 발명되고 역사적으로 어떻게 확보되어왔는지, 민주주의는 어떻게 발전되어 여기까지 왔는지, 지금 우리 사회에서 무엇이 잘못되었고 우리는 어떤 방향으로 나아가야 하는지, 다른 나라의 경우는 어떤지 등을 생각하기 위해 책만큼 적절한 매체가 또 어디 있

겠어요?

책은 여전히 가장 잘 정제된 지식이 담겨 있는 매체입니다. 바로 그렇기 때문에, 여러 사회적 조건들이 우리의 책 읽기를 방해하고 있지만 그러한 사회적 조건들을 바꾸기 위해서라도 우리는 책을 읽어야 합니다. 우리가 사는 사회의 조건을 우리가 아니면 누가 바꾸겠어요?

계속 읽기

자, 그리하여 계속 읽기입니다. 이건 뭐랄까요, '꾸준히 운동하기'처럼 일종의 목표라고 생각하면 좋을 것 같아요. 비록 바쁘고 세상은 어지럽지만 그래도 우리 꾸준히 운동하면서 건강하게 삽시다, 하는 것처럼 비록 바쁘고 세상은 어지럽지만 그래도 우리 꾸준히 읽으면서 정신 똑바로 차리고 삽시다, 하는 거죠.

일상생활에서 할 수 있는 간단한 운동 같은 팁들이 있잖아요. 계단을 올라갈 때 발끝을 들고 간다거나 엘리베이터를 기다리면서 스쾃을 한다거나 하는 것들이요. 일상의 사소한 실천들이 반복되며 습관을 만들고 그 습관이 많은 것을 좌우하는 건 운동이나 책 읽기나 비슷한 것 같아요. 아니, 다시 생각하니 삶의 거의 모든 것들이 그렇겠네요.

그런 의미에서 오늘 저는 여러분에게 출퇴근 시간에 책 읽기를 권해드리고 싶습니다. 아까 처음에 제가 "그렇다고 해서 오늘 제가 드릴 이야기가 출퇴근 시간에 읽기를 권함, 그런 건 아니고요"라고 했는데 이렇게 손바닥 뒤집듯 말을 바꾸고 말았네요. 그런데 어쩔 수 없어요. 우리는 계속 변하고, 우리의 생각도 바뀌고, 우리가 읽는 것도 바뀌고, 우리가 말하는 것도 바뀌는 거죠. 그렇게 보면 똑같은 말을 반복하는 게 더 이상한 거예요.

물론 바쁜 출근 시간에 책을 챙겨서 사람들로 꽉 찬 지하철에서 펼쳐 보기는 쉽지 않아요. 그래서 제가 추천하는 건, 너무 뻔하게도, 전자책이에요. 전자책 리더기가 있으면 좋지만 없어도 상관없어요. 어차피 출퇴근길에 다들 스마트폰을 보잖아요. 형태는 같은데 내용만 달라지는 거니까 상대적으로 접근하기가 쉬운 거죠.

사실 저는 전자책을 잘 못 읽는 사람이었어요. 특별한 이유가 있는 건 아니고 그냥 눈에 잘 안 들어오더라고요. 그래서 예스24 북클럽, 리디 셀렉트, 밀리의 서재 등등의 이용권이 생기더라도 무슨 책이 있나 내 책도 있나 구경만 하고 실제로 사용하지는 않았어요.

그런데 연말에 집에서 일 때문에 『물고기는 존재하지 않는다』(정지인 옮김, 곰출판, 2021)를 읽어야 하는데 책이 작업실에 있는 거예요. 그래서 어떡하지 하다가 찾아보니 예스24 북클럽에서 볼 수가 있더라고요. 그래서 어쩔 수 없이 읽기 시작했는데, 의외로 잘 읽혀서 깜짝 놀랐어요. 사실 종이책으로는 사놓고 몇 달 동안 읽지도 않은 책을 전자책으로 하루 만에 끝까지 읽었어요. 그래서 또 읽을 만한 책이 뭐가 있나 보다 그때그때 관심이 가는 책을 읽다보니 어느새 전자책을 15권이나 읽었더라고요. 제가 평생 동안 읽은 전자책보다 두 달 동안 읽은 전자책이 더 많은 거죠.

개인적으로 평소엔 선뜻 손이 가지 않는 종류의 책들도 부담 없이 읽게 되는 게 좋더라고요. 당시에 제가 읽은 15권 중에 11권이 한국 SF 소설이었고, 1권이 일본 미스터리 소설, 나머지가 재즈와 클래식에 대한 책이었는데, 만약 전자책이 아니었다면 읽을 일이 별로 없었던 책들이 대부분이었거든요. 그런데 읽어서 좋았어요. 잘 읽은 거죠.

중요한 건, 그렇다고 제가 종이책을 덜 읽은 게 아니에요. 오히려 더 많이 읽었어요. 나이를 먹어서 그런가, 저도 어느 순간부터 책이 눈에 잘 안 들어오고 집중력이 떨어지고 그랬었는데 작업실로 출근하는 버스에서 애피타이저처럼 전자책을 읽으니 읽는 모드가 활성화돼서 그럴까요? 오히려 작업실에 가서 괜히 딴짓하지 않고 바로 종이책을 보게 되더라고요. 덕분에 올해 들어 종이책과 전자책을 합쳐서 벌써 50권 가까이 읽었어요. 예년보다 두 배 이상 빠른 페이스인데요. 물론 양이 중요한 건 아니지만요. 다만 전자책 읽기가 개인적으로 읽는 양을 늘리는 데 도움이 되었다는 말씀을 드리는 것입니다.

단점은 분야를 조금 탄다는 것? 내러티브가 있는 소설이나 에세이 같은 건 괜찮은데, 인문서나 정보가 많은 분야의 책들은 아무래도 종이책보다 눈에 잘 안 들어오고 글자들이 휙휙 날아가는 듯한 느낌이 있어요. 보통 '물성物性'이라고 하죠. 이 말을 징그럽다고 싫어하시는 분들도 계신데, 뭐라고 부르건 종이책이 손에 쥐어지는 느낌, 닿은 면적의 촉감과 같은 것들이 지각과 결부되어 맥락을 생성해서 더 잘 기억하게 하고 이해하게 만들어주는 거죠. 하지만 전자책은 그런 게 없으니까요. 소설은 이야기를 따라가면 되는데 인문서는 그게 안 되고.

그런데 그게 양자택일의 문제는 아니니까요. 전자책으로는 내러티브가 있는 책들 위주로 읽다가, 인문서 같은 책들을 봐야 할 일이 있으면 종이책으로 보면 되는 거죠. 운동장을 달리다가 러닝머신 위에서 뛰기도 하는 것처럼 그때그때 상황에 맞춰서요. 중요한 건 무엇으로 읽느냐가 아니라 무엇을 읽느냐이고, 어떻게 읽느냐는 물론 중요하지만 가장 중요한 건 읽느냐 아니냐일 테니까요. 가끔 저렇게 읽느니 안 읽는 게 낫겠다 싶은 사람을 만나기도 하지만, 대부분의 경우에는 읽는 게 읽지 않는 것보다 늘 더 낫죠. 일단 무엇이든 어떻게든 읽는 게 먼저인 것 같아요.

다시 한번 『계속 쓰기』를 인용하겠습니다.

> 발이 빠르다고 달리기를 이기는 것은 아니며, 강한 자가 전투에서 이기는 것도 아니다…… 시간과 기회만이 그들 모두에게 나타난다.

인류의 역사에서 종말론은 반복해서 등장하는데요, 그건 저마다 자신들의 세대가 가장 힘들고 어렵고 역사의 끝에 서 있다고 생각하기 때문이라고 합니다. 한마디로, 자기들이 제일 특별하다고 생각하는 거죠. 하지만 그게 사실이 아니라는 걸 우리 모두 알고 있습니다. 우리를 둘러싼 세상이 아무리 어둡고 캄캄하게만 느껴진다고 하더라도 우리의 세대가 마지막은 아닐 것입니다. 설령 그게 사실이라고 하더라도, 그렇게 내버려둬서는 안 되고요.

그러니 우리는 여유를 가지고 삶을 길게 바라볼 필요가 있습니다. 그리고 다음 세대에게 더 나은 세상을 전달해줄 의무도 있지요. 우리들 개개인에게는 세상을 바꿀 힘이 없습니다. 많은 우리들이 힘을 합치고 머리를 모아도 세상을 바꾸기는 무척 어렵겠지요. 하지만 그럼에도 우리는 우리가 할 수 있는 일들을 해야 합니다. 우리와 우리의 주변 삶을 잘 가꾸기도 해야 하고요. 저는 그 방법 중 하나가 읽기라고 믿고 있습니다. 감사합니다.

* 네 번의 강연은 각각 2019년 여름 〈라이프북스〉, 2021년 가을 〈삼요소〉, 2022년 겨울 〈삼요소〉, 2023년 봄 〈플랫폼 P〉에서 진행되었습니다.

* 본문에 인용된 문장 중 일부는 이용 허락을 받았습니다. 다만 연락이 닿지 않거나 한국어 판권이 소멸된 경우 허락을 구하지 못했습니다. 출처를 정확히 밝혔으니 연락해주시기 바랍니다.

스위밍꿀 에세이

한밤의 읽기

초판 인쇄 2024년 6월 10일 **초판 발행** 2024년 6월 26일

지은이 금정연
펴낸이 황예인
편집 황예인
디자인 함익례

펴낸곳 스위밍꿀
출판등록 2016년 12월 7일 제2016–000342호
주소 서울특별시 마포구 양화로58
연락처 swimmingkul@gmail.com
ISBN 979-11-93773-02-4 03800